融通与建构：《唐声诗》研究

张之为 著

社会科学文献出版社
SOCIAL SCIENCES ACADEMIC PRESS (CHINA)

序

    《唐声诗》作为学术经典，被收入商务印书馆"中华现代学术名著丛书"于 2020 年 10 月出版，此书是据凤凰出版社 2013 年出版的张之为和我一起校理的版本排印的。王小盾老师和我共同撰写了《垦荒拓宇，学垂典范——〈唐声诗〉的理论建构和历史意义》的导读，其中也参考了之为的相关研究成果。重温任先生跋语，依然如当年读初版时一样激动。"校事既毕，自我欣赏曰：善哉《唐声诗》！严限主题，穷原尽委，洵至'涣然冰释，怡然理顺，而自会于沦肌浃髓'！诚无愧于其好伴侣《唐戏弄》，并无怍于其大家庭《唐艺发微》！堪为'声诗学'作人梯之初阶，仰而攀登，何患不陟！后之来者，其有意乎？"之为当年选择《唐声诗》为研究对象，是否也听到任先生的召唤？

    在中国古代文学研究中，唐代文学研究名家辈出、成果丰硕，挖掘得比较深，研究范式也相对成熟。回顾这几十年的研究，一个比较显著的趋势是在文学与外部世界的联系，以及内部演变的深入探索当中寻求学科生长点，在广度与深度上同时寻求突破，近年来学科交叉研究的涌现正是这种"内外结合"型研究深化的结果。

    事实上，跨学科研究并不能说是新事物。20 世纪 50 年代，任半塘先生就写下一篇《唐代"音乐文艺"研究发凡》，标举"唐代音乐文艺学"。任先生是瞿安先生的弟子,早年深研词曲,后延伸发展为"唐艺学"研究,其基本思路就是在音乐文学学科交叉的视野中,结合音乐对唐代词章与伎艺展开全面研究。在"唐艺学"研究规划与框架下,任先生贡献了一系列杰出成果:《敦煌曲校录》《敦煌曲初探》《教坊记笺订》《唐戏弄》《唐声诗》等。

《唐声诗》是任先生的代表作之一,研究的是唐代与声乐、舞蹈结合的齐言歌辞。可以说,这部书的视野和理念是超越时代的,它完全颠覆了传统诗歌研究的范式,在唐诗研究里走出了一条新路。20世纪80年代出版之后,此书在学界引起了广泛关注,引起了一系列讨论,反响巨大。即使是在今天,《唐声诗》的研究仍然很前沿,它所倡导的从音乐演艺形态考察文学文本之发生演变,本质就是从社会历史文化与文学的动态交互中去观照文学现象本身,这种理念已经完全被当今学界吸收,成为古代文学研究的一种经典路径,也代表着古代文学学科的一个重要发展方向。

1981年,任先生被国务院批准为首批博士研究生导师,在扬州大学设立了博士点,这是新中国首批博士点之一。1983年,任先生招收了第一届博士生王小盾先生。王先生继承了任老的事业,其博士学位论文《隋唐五代燕乐杂言歌辞研究》不仅以博大的体系和透辟的分析体现出对历史事物研究的客观性和理性,还揭示了文学史研究的基本途径:在充分占有原始材料的基础上,努力考察事物的广泛联系,认真分析事物的阶段性发展,以说明文学的发展规律。而《唐代酒令艺术》《汉文佛经中的音乐史料》《越南汉喃文献目录提要》《从敦煌学到域外汉文学》等书亦在学界产生了巨大影响。这些成果意味着一种学术路径与方法的成功:前沿的资料意识、开阔的研究视野、基于精详考据的理论建构,当然还有勇于创新、不断自我超越、精益求精的精神。

2013 年，在王小盾老师的主持下，《任中敏文集》出版。出于对任先生的崇敬，张之为和我承担了其中《唐声诗》的校理工作。之为在 2006 年随我攻读硕士学位，后又随我攻读博士学位，毕业后进入云南大学文学院任教。她在攻读硕士学位期间就对音乐文学研究感兴趣，选定了《〈唐声诗〉研究》作为硕士学位论文题目，本书就是据之修改而成。最近十年以来，关注任先生及其学术的研究有明显增多之势，而且研究的层次与水平都很高。述往事而思来者，对《唐声诗》这样一部彪炳唐诗研究史的"声诗学"开山之作展开专书研究，阐发理论体系、挖掘方法资源、总结学术价值、辨析相关问题，是有价值的工作。希望我们能够更好地承继这份珍贵的学术遗产，也能从中寻求未来工作的启迪。

王小盾老师认为学术关系是有缘分的，我也相信。王老师不时会说："1982 年我报考任先生的博士，伟华已留校当老师，让出床铺给我。"我保留了一套《唐声诗》，之所以珍贵，也是有一段师生缘，下册为我所购，上册则为我的博士生吴夏平所购，我在书前写有一段跋语："一九八八年四月，余赴京修改《唐代幕府与文学》，偶于王府井新华书店得任中敏先生《唐声诗》下册，后于南京、扬州书肆寻其上册未果。二〇〇三年初，博士生吴君夏平入学，持贵阳旧书摊所购《唐声诗》上册赠余，喜成完帙。北京之下册，待贵阳之上册相配乎？人之缘分，书之残整，良有以也！二〇〇三年十二月二十一日伟华记于广州寓所。"

珍爱学术，珍惜缘分。是为序。

戴伟华
辛丑杏月于平斋西窗

目　录

导论　任半塘先生的学术人生

　　任先生名讷，字中敏，又名二北、半塘，生于 1897 年。父任恭，母顾竹筠，世居扬州。1912 年就读于常州市第五中学，1917 年转入扬州第八中学，后进入天津北洋大学预科。1918 年考入北京大学国文系，遇时在北大讲授词曲的吴梅先生。毕业后，先后任教于上海大学、上海南方大学、复旦大学，又寓居吴梅家，尽读"奢摩他室"所藏词曲珍本。回扬州故居后，广搜图书，建书斋"感红室"，立志"从此读书写字"。1925 年，赴广州，任教于广东大学，后赴沪，任民智书局编辑，又任中原书局编辑。1934 年，赴广州创办仲元中学。1936 年，任教于上海大厦大学。1937 年，于南京创办汉民中学。1949 年赴重庆。1950 年移家成都。1951 年，进入四川大学文史研究所工作。1978 年，借调中国社会科学院，任兼职研究员。1980 年，归扬州，任教于扬州师范学院中文系。1981 年，由国务院批准为首批博士研究生导师。1991 年，因病逝世于扬州。[①]

　　九十五载风雨人生，任半塘先生留下了丰厚的学术遗产。任氏学

---

　　① 相关资料参邓杰《任中敏先生年表》，载陈文和、邓杰主编《从二北到半塘——文史学家任中敏》，南京大学出版社，2000，第 293~304 页。

术以散曲学与唐代音乐文艺学为中心,铺开为散曲、敦煌歌辞、唐代戏剧、唐代声诗研究四个互相联系的部分。

任氏散曲学发轫于其师吴梅。任先生早年从瞿安先生学词曲,完成了最初的学术积累,代表成果有《散曲丛刊》《新曲苑》《散曲之研究》《词曲合并研究》《词曲通义》《曲录补正》等。主要着力点在两方面:一是文献学的工作,对元明清散曲相关文献进行了系统整理;二是对散曲之名称、体段、用调、作法、内容、派别、意境等进行了梳理考订。此项工作指向散曲与词、戏曲之间的辨体问题,意在从横向的比较研究中辨析、明确散曲一体在形态、内容、风格、功能上的特性。上述工作在文献、理论、方法等方面,对现代散曲研究产生了深刻影响,使散曲学实现了从古典到现代的转型。

敦煌歌辞、唐代戏剧、唐代声诗则属于唐代音乐文艺研究范畴。

敦煌遗书面世后,立即引起学界高度重视,这批资料可谓20世纪词曲研究最强力的学术生长点之一,自然也成为任先生关注的对象。任氏敦煌歌辞研究的主体是《敦煌曲校录》《敦煌曲初探》《敦煌歌辞总编》三书。《敦煌曲校录》《敦煌曲初探》为姊妹编,前者将敦煌文献中所存五百四十余首曲子辞分为普通杂曲、定格联章、大曲三种类型,对其文辞进行校订考释;后者以曲调为枢纽,对敦煌曲之起源、名称、时代、内容、作者、体裁、修辞等展开综合阐述。《敦煌歌辞总编》收录的容量拓展为一千三百多首,其体例延续《敦煌曲校录》,依体裁分类,唯更细致,分为只曲、普通联章、重句联章、定格联章、长篇定格联章等。全书以调名为单位,校文辞、考源流、辨体式、析内容,凡此等等,融文献整理与理论阐发于一体,是任氏敦煌歌辞研究的集大成之作。

唐代戏剧研究以《唐戏弄》为中心,包括《优语集》,以及《唐戏述要》《唐代能有杂剧吗?》《戏曲、戏弄与戏象》《几点简单说明》《驳我国戏剧出于傀儡戏、影戏说》《对王国维戏曲理论的简评》等文章。《优语集》搜罗"优人之语",意在"积资料以著优艺",是文献准备。《唐戏弄》对"戏"之存在环境、类型、构成、形态等进行了细致考察,对王国维以来的戏剧研究发起挑战,多维度地呈现唐代戏剧的存在状态,是一部以演艺为中心,而非传统的以剧本为中心的断代戏剧史力作,具有突破性意义。

唐代声诗研究的代表作即本书研究对象《唐声诗》,也包括其前期成果《教坊记笺订》。选择《教坊记》切入,是由于此书从教坊制度与曲调资源两个层面集中反映了盛唐时期朝廷的音乐积累,尤其是曲目调名,乃是音乐与文学研究之结合点所在。《唐声诗》则对有唐一代"声诗"之曲调、存辞及其与舞蹈、大曲、长短句等的关系展开讨论。

通过对任氏学术整体架构的简单展示,可以看出任先生的研究具有很强的系统性,它是在三种联系中建构的:一是从散曲学到唐代音乐文艺学的发展路径,这显示出对事物早期形态、起源进行追踪的学术思路。二是对共时存在的诸种艺术品类之横向研究,即统辖在唐代音乐文艺学下的敦煌歌辞、唐代戏剧、唐代声诗。三是对传统学术与当代学界的反思与碰撞。任先生的研究个性鲜明,开拓性、前沿性极显著。他的学术视野、研究路径、问题角度,乃至某些观点的提出,既是对当时中外学界工作的积极回应,也是 20 世纪中国古代文学学术史不可忽略的重要部分。对《唐声诗》一书的研究,也希望在上述三个层次上铺开,以图展示任先生的学术成就、品格与价值。

第一章　从《唐声诗》看唐代音乐文学的研究

音乐与文学的联系多为近代学人所关注，特别是在词曲研究的领域，相关成果相当丰富。

唐代音乐专门研究的成果，国内主要有丘琼荪的《燕乐探微》《历代乐志律志校释》，许之衡的《中国音乐小史》，以及杨荫浏的《中国古代音乐史稿》。海外以邻邦日本最突出，有林谦三的《隋唐燕乐调研究》《敦煌琵琶谱的解读研究》《国宝五弦谱及其解读的端绪》，岸边成雄的《唐代音乐史的研究》《唐代音乐文献解说》《燕乐名义考》《四部乐考》，等等。

关注唐代音乐与文学之相互作用的论著，有朱谦之的《中国音乐文学史》，刘尧民的《词与音乐》，向达的《唐代长安与西域文明》，胡适的《词的起原》，郑振铎的《词的启源》，萧涤非的《论词之起源》，龙沐勋的《词体之演进》，沈知白的《中国音乐、诗歌与和声》，余冠英的《七言诗起源新论》等。

第一次明确提出"音乐的文学"概念，并以之描述宋词特征的是 20 世纪初"现代派"词学家胡云翼。他认为中国文学的发达、变迁与音乐有密切关联:"中国文学的活动,以音乐为归依的那种文体的活动,只能活动于所依附产生的那种音乐的时代,在那一个时代内兴盛发达,达于最活动的境界。若是音乐亡了,那末随着那种音乐而活动的文学,也自然停止活动了。凡是与音乐结合关系而产生的文学,便是音乐的文学,便是有价值的文学。"[①]又阐述词与音乐的关系曰:"音乐是发生词的渊源,也就是发达词的媒介。……本来单独的文学效力,在社会里面,远不及音乐的效能来得大。因为有音乐的关系,因此宋词也跟着音乐而得着较大的普遍性。"[②]胡云翼突出音乐对词发展的"媒介"作用,重视词之音乐属性,影响甚著。朱谦之的《音乐的文学小史》则是第一部以"音乐的文学"命名的专书,其后扩展为《中国音乐文学史》。此书系统考察了《诗经》、楚辞、乐府、唐代诗歌、宋代歌词、元代剧曲与音乐之关系,是中国音乐文学史研究的开山之作。[③]徐嘉瑞的《中古文学概论》也值得关注,此书设专章讨论"音乐与文学",先后论述了"音乐与文学之心理的关系""音乐与文学之历史的关系",又专章论述"中国音乐与西域文化之关系",研究视野相当开阔。[④]此外,胡适也是此时期的重要学者。他指认刘禹锡"和乐天春词依《忆江南》曲拍为句"为唐人"依调填词"之明证,成为20世纪词体起源研究的一个影响深刻的论断。[⑤]

上述研究是音乐文学研究的先声,任半塘先生及其弟子王小盾先

---

① 胡云翼:《宋词研究》,岳麓书社,2010,第4~5页。
② 胡云翼:《宋词研究》,岳麓书社,2010,第25页。
③ 朱谦之:《中国音乐文学史》,商务印书馆,1935。
④ 徐嘉瑞:《中古文学概论》,亚东图书馆,1924。
⑤ 胡适:《词的起原》,载《胡适古典文学研究论集》上册,上海古籍出版社,2013,第440~451页。

生便是沿着这个方向前进，并擎起了"唐代音乐文艺研究"的大旗。任先生在 1962 年出版的《教坊记笺订》内，附有一篇《唐代"音乐文艺"研究发凡》，当中提出了包括敦煌文学研究、唐代戏剧研究、唐代燕乐歌辞研究共十六稿的研究计划，敏锐地将注意力投向了与词发生密切相关的唐代音乐，并顺势而下、旁浚疏流，建立起"唐代音乐文艺学"的研究框架。

第一节　任半塘先生的唐代音乐文艺研究

一　唐艺研究十六稿

任半塘先生的唐代音乐文艺研究始于 20 世纪 50 年代。1953 年 9 月，任先生致信陈中凡先生，述其研究计划曰："读朱谦之《中国音乐文学史》卷端大序，曷胜感佩；正殷企慕，遽接清芬，幸甚幸甚。弟三年前，由桂来蓉，即作终老此间之计。始以卖豆为活，颇怡怡然。客冬多方推促，遂入四川大学文科研究所，研究唐代'音乐文艺'的全面，故于朱先生一书，再三致意。弟本无学殖，又经荒落者二十年久，年事已长（今年五十七），精力已衰，记忆力特坏。怅惘前修，恍如隔世，并自己过去曾写何文，何处发表，都不能数。勉强半年，温故求新，略知过去廿年中，海内学者精词曲一端致力情形；发现上而唐代歌诗与长短句一段，下而明清间衔接南北曲之小曲一段，均尚模糊，未经彻底整理，不啻两方沃土，而正满蓬蒿，有待垦治。爰先选定唐代音乐文艺之全面一题，着手攻取，已粗写《教坊记（此乃治唐宋燕乐之一把锁钥）笺订》，及《敦煌曲详玩》（前稿另邮寄上，后稿明年二月印成）两稿。余若《唐大曲第三考》《唐声诗考》两稿，拟订在明年完成，然后再研讨敦煌材料内变文一体，订在后年年终结束，于上列主题，得一总结。"①从此信可以看出，任先生"唐代音乐文艺之全面"研究计划指向的关键问题，是为了廓清"唐代歌诗与长短句"之联系，立足唐而后视宋，意在打通唐宋，疏通两代间音乐文学之演进轨迹。至于选择《教坊记》为研究起点，其关钥在于曲调，以之为枢纽，即可以联结唐代音乐文艺之诸端，如敦煌曲、声诗、大曲等，实现横向铺开。

1956年，年届花甲的任先生写下《唐代"音乐文艺"研究发凡》，作为践行唐艺研究的计划表，展示了大气包举、架构宏备的唐代音乐文艺研究总规划：

　　《教坊记》整理——此书于研究唐代音乐、伎艺，颇开门径，不啻锁钥。整理之稿，名《教坊记笺订》。

　　盛唐太常寺、大乐署所掌乐曲曲名整理——指《唐会要》三三所载之曲名表。成稿后当附见于末一种"全面理论"内。

　　《羯鼓录》整理——稿名《羯鼓录笺订》。

　　《乐府杂录》整理——稿名《乐府杂录笺订》。

　　敦煌曲理论——曲内齐言杂言并见，稿名《敦煌曲初探》。

　　敦煌曲辞著录——稿名《敦煌曲校录》。

　　唐声诗理论——诗指齐言，稿名《唐声诗》。

　　声诗格调著录——稿名《声诗格调》。

　　声诗歌辞著录——稿名《声诗集》。以上三种，简称"声诗

---

① 吴新雷、姚科夫等编纂《清晖山馆友声集·陈中凡友朋书札》，江苏古籍出版社，2000，第337~340页。原书系于1951年，按，徐俊《唐词、唐曲子及其相关问题》订为1953年，载季羡林、饶宗颐主编《敦煌吐鲁番研究》第7卷，中华书局，2004，第153页。

三稿"。

唐词理论——以杂言为限，稿名《唐词说》。

唐词格调著录——稿名《唐词格调》。

唐词著录总结——稿名《全隋唐五代词》。以上三种，简称"唐词三稿"。

唐大曲理论及著录——伎艺为歌舞类，稿名《唐大曲》。

唐变文理论——伎艺为讲唱类，稿名《唐讲唱》。

唐戏剧理论——伎艺为戏剧类，稿名《唐戏弄》。

唐著词理论——伎艺为酒令类，稿名《唐著词》。

唐代琴曲及雅乐理论——成稿后当附见于末一种"全面理论"之内。

唐代"音乐文艺"全面之理论——就上列十五稿所具种种结论，再有所总结，并略补其所未备，稿名《唐代"音乐文艺"》。①

与致陈中凡信所述相比，上述研究计划更趋完备周涵。到 20 世纪 80 年代为止，历经种种动荡，任先生最终完成的部分如下：

敦煌文学研究:《敦煌曲校录》《敦煌曲初探》。②

唐代戏剧研究:《唐戏弄》，另完成《优语集》。③

---

① （唐）崔令钦撰，任中敏笺订，喻意志、吴安宇校理《教坊记笺订》，凤凰出版社，2013，第 2~3 页。

② 任二北校《敦煌曲校录》，上海文艺联合出版社，1955。任二北:《敦煌曲初探》，上海文艺联合出版社，1954。

③ 任半塘:《唐戏弄》，作家出版社，1958。任二北编著《优语集》，上海文艺出版社，1981。

唐代燕乐歌辞研究：《教坊记笺订》，[①] 综合了原计划的《唐会要曲名整理》《羯鼓录笺订》《乐府杂录笺订》；《唐声诗》上下编，[②] 即《理论》和《格调》。另有《声诗集》附于《隋唐五代燕乐杂言歌辞集》中出版。[③]

除此之外，任先生还曾编著数百万字的《唐宋音乐集成》，此书毁于"文化大革命"，但他又发奋编著了《敦煌歌辞总编》[④]，共收录敦煌歌辞一千三百余首，比《敦煌曲校录》多一倍有余。至于《唐代"音乐文艺"研究发凡》未竟之业，则由任先生的弟子王昆吾先生（即王小盾）接踵前行：《隋唐五代燕乐杂言歌辞集》《隋唐五代燕乐杂言歌辞研究》二书[⑤]，即《唐代"音乐文艺"研究发凡》计划中的"唐词三稿"；《唐代酒令与艺术》[⑥]，即《唐著词》；在《隋唐五代燕乐杂言歌辞研究》中又专设"大曲""琴歌""讲唱"；另有论文《唐大曲及其基本结构类型》[⑦]，专述唐大曲。由此，《唐代"音乐文艺"研究发凡》中的研究计划基本实现，学科规模初具。

考察任半塘先生的生平，可发现他的学术生涯分为两个阶段，第一个是1923~1930年前后做戏曲研究、建立散曲学的阶段，第二个是1951~1984年从事唐代音乐文艺研究、建立任氏唐艺学的阶段。这两个阶段之间具有明显的承接关系，作为词曲学家的任先生，其学术视野、问题指向、研究路径等，也延续到了唐艺研究阶段，深刻影

---

① 任半塘笺订《教坊记笺订》，中华书局，1962。
② 任半塘：《唐声诗》，上海古籍出版社，1982。
③ 任半塘、王昆吾编著《隋唐五代燕乐杂言歌辞集》，巴蜀书社，1990。
④ 任半塘编著《敦煌歌辞总编》，上海古籍出版社，1987。
⑤ 王昆吾：《隋唐五代燕乐杂言歌辞研究》，中华书局，1996。
⑥ 王昆吾：《唐代酒令艺术》，东方出版中心，1995。
⑦ 王小盾：《唐大曲及其基本结构类型》，《中国音乐学》1988年第2期。

响着唐艺学的建构与格局。

二 唐艺研究的学术渊源:任氏散曲学

1918 年,22 岁的任中敏考入北京大学国文系,师从瞿安先生。吴梅被誉为"曲学之明辨章得失,明示条例,成一家之言,领后来先路"的一代宗师,他对任中敏分外赏识。1923 年,已毕业的任中敏到苏州拜谒吴梅先生,遂寓居其家,尽读奢摩他室词曲珍本。[①]任先生在《奢摩他室曲丛序》中回忆道:"忆昔游憩吴门,先生命宿奢摩他室,尽发箧衍,俾遍浏览。因于兼旬之中,且夕穷力,随览随笔,为《读曲概录》,凡五厚册。犹觉汪洋浩瀚,杳乎难得涯涘也。自后每过清斋,必补业所未竟。或把卷请益,议论通宵,或录副校讹,点勘累日。冬釭夏簟,岁必再留,留必兴尽,而先生之所藏,则终未尽也。客之过先生者,苟与谈曲,无不延入书城,纵其缥览,不稍秘禁,然皆未若五六年中,先后与讷者之独厚且至耳。"[②]这是任中敏学术生涯的积累和起步期,由此,任先生开始了九十五年岁月中的第一个学术阶段:从事中国戏曲研究,建立"任氏散曲学"的时期。此时期任先生的主要学术成果有如下诸种。[③]

1924 年,以从奢摩他室摘录的大量资料,并学习心得,整理成《读

---

① 李廷先:《任中敏先生的主要经历和学术著作》,载中国唐代文学学会主办、陕西师范大学中文系编《唐代文学研究年鉴》(1984),陕西人民出版社,1985,第 464 页。

② 任中敏:《奢摩他室曲丛序》,载吴梅编《奢摩他室曲丛》,商务印书馆涵芬楼影印本,1928,第 1~2 页。

③ 相关资料参考邓杰《任中敏先生年表》,陈文和《任中敏著作论文目录》,载陈文和、邓杰主编《从二北到半塘——文史学家任中敏》,南京大学出版社,2000,第 293~304、305~310 页。

曲概录》五册。①

1926 年，出版《元名家散曲六种》。②

1927 年，出版《元曲三百首》。③

1931 年，出版《荡气回肠曲》，署名王悠然（即夫人王志渊笔名），④此书乃第一部见于出版的元曲选本。出版《散曲丛刊》十五种，⑤内有专著《作词十法疏证》《散曲概论》《曲谱》等，正式提出"散曲学"概念。出版《词曲通义》⑥，将词曲合并做比较研究，由此奠定了近代散曲研究的基础。此书对词律、词乐以及词源、曲源的探讨，对宋词源于唐诗、元曲源于宋词的传统观点提出质疑，在学界产生了很大影响。

1935 年，出版《词学研究法》⑦，反驳了孤立地以文学为中心的词学发生史的传统认识，提出建立全面的、立体的文化研究模式。

1940 年，出版《新曲苑》三十四种。⑧《新曲苑》与《散曲丛刊》广搜前人曲学研究资料，兼有理论创建，被誉为近代散曲学奠基之作。

由此，可以看出任先生两个研究阶段之间互相承继、逐步深化的脉络：研究对象从散曲向词迁移，触发点是"探源"，探索散曲起源，由此追踪至词；再进一步探求词之起源，由此上溯至诗。

《词学研究法》中曾有一段精到论述：

---

① 未单行出版。
② 《元名家散曲六种》，中原书局，1926。
③ 《元曲三百首》，民智书局，1927。
④ 《荡气回肠曲》，大江书铺，1931。
⑤ 《散曲丛刊》，中华书局，1931。
⑥ 《词曲通义》，商务印书馆，1931。
⑦ 《词学研究法》，商务印书馆，1935。
⑧ 《新曲苑》，中华书局，1940。

词为乐府,先有其音乐,后方有其文字。文字所以由诗变而为词者,实因乐府诗之音乐,先有变化也。然则唐中叶后,乐府诗之音乐,究如何乎?当时何以不能保持故态,而必变化?其变化之迹又如何?——此三问题,实为研究词乐者,首需解决者。此三问题决,则词乐初起之情形明矣。①

任先生早年提出的"三问",从问题指向上看,是对诗词之变的思考,即词源问题;从研究视野上看,是从音乐变化的层面考虑文体的发生与演变,即对文学与音乐相互关系的思考。任先生所开创的"唐艺学",可以视为他对第一阶段所产生问题的回答和深入阐释,是前者的深化和延伸,更重要的是,它也意味着一种学术范式的成熟。随着材料的积累与思考的不断深入,"唐艺学"铺开的面更大,以有唐一代为限,力图横扫此历史时期内音乐文学之诸种品类。

从任先生前后所用的"二北"与"半塘"两个笔名,也可以发现这种联系:"二北"指北宋词和北曲,显示了任先生早年的学术兴趣;到1958年《唐戏弄》出版之际,由于政治原因,不能用原名,便以"半唐"为名,后改作"半塘",意指唐代文学的"半壁江山"——音乐文艺研究。从"二北"到"半塘",正是任先生学术轨迹的生动展示,也是他不断寻求自我超越的旺盛学术生命力的体现。

三 《唐声诗》对唐代文学研究的影响

《唐声诗》是唐代音乐文艺研究的组成部分,研究对象是隋唐五

---

① 任中敏:《词学研究法》,载任中敏著,李飞跃辑校《词学研究》,凤凰出版社,2013,第117页。

代配合燕乐的齐言歌辞，在"唐代燕乐歌辞研究"这个单元里，与之相对应的是杂言歌辞。这个研究的核心就是词源问题——词从何而来？音乐（曲调）和文学（歌辞）以何种方式配合？齐言和杂言歌辞是否存在因为音乐的发展而由齐言向杂言转化的过程？在这些问题上，《唐声诗》力纠成说，给出了新人耳目的答案。作为一部超越既有研究模式的论著，对唐代文学研究而言，《唐声诗》至少具有以下三方面的影响。

第一方面的影响是让学界重新审视唐代"诗乐"的艺术形态。

我国诗歌从《诗经》"诵诗三百，弦诗三百，歌诗三百，舞诗三百"以来，[①]尽管历代都有大量不入乐的徒诗、哑诗，但诗与歌、乐、舞相联系的传统却一直被保留了下来，从《诗经》始，自《楚辞》、两汉魏晋六朝的乐府，到宋元明清的词曲，前人皆有丰富的论述和研究。然而，作为重要过渡阶段的唐五代诗歌入乐的情况，很少被提及和重视。郑振铎先生《词的启源》曾统计唐宋两代能歌的诗体，结论是："只有《怨回纥》《纥那》《南柯子》《三台令》《清平调》《欸乃曲》《小秦王》《瑞鹧鸪》《阿那》《竹枝》《柳枝》《八拍蛮》诸曲而已。"[②]这代表了当时学界的主流意见，即唐五代是诗乐的衰落时期。任先生重新对相关资料进行了全面梳理，根据《通典》《唐会要》《新唐书·礼乐志》《乐书》等记载，指出在当时的宫廷中，司乐的独立机构就有大乐署、梨园、教坊三个，且乐工、梨园弟子、乐伎人数

---

① 吴毓江撰，孙启治点校《墨子校注》，中华书局，1993，第705页。
② 郑振铎：《词的启源》，载华东师范大学中文系古典文学研究室编《词学研究论文集》（1911–1949），上海古籍出版社，1988，第3页。

众多,创作、表演活动异常繁盛,① 这些宫廷艺术家所歌唱的内容,据两唐书《音乐志》《艺文志》,以及《国秀集》等著录,"乃此时无论法曲、胡乐,其所用之歌辞,十之六七皆为声诗。"② 这仅仅是玄宗一朝之情形,至于整个唐五代诗乐之盛况,更可由《唐声诗》中所引用的丰富材料见之。简单概括,诗乐在唐五代并非如许多学者普遍认为的那样衰落了,恰恰相反,它前承六朝乐府,下启宋词、元曲、历代讲唱、近代戏曲诸艺,发展异常兴盛。

第二方面的影响是让学界重新认识了唐五代"诗乐"的历史资料。

如上所叙述,学界一向以为唐五代"歌乐"衰落,只有数调可唱,乏善可陈,任先生以翔实的资料反驳了这一点。《唐声诗》言:

> 上文谓盛唐乐曲达一二千数,乃凭司乐机构之情势以估计;若文献可征者,仅十之二三而已。郭氏谓开、天盛时,燕乐诸曲有十四调,二百二十二曲,又法曲乐章十一曲,云韶乐二十曲,共二百五十三曲。此乃本于宋王溥之《唐会要》,源于杜佑之《理道要诀》。均未提及民间情况,显非实际之全面。《会要》载天宝十三载七月十日大乐署供奉之曲名及其改名,所列调数与曲数大致如上。惟谓太常梨园别教院教法曲乐章等共十二章,则与郭氏说异。但此明明以大乐署及梨园别教院所掌者为限而已;若当时设在宫外之左右教坊及在宫内之宜春北院二者,共同习用之歌舞曲调,载在崔令钦《教坊记》者,杂曲名二百八十五

---

① 任中敏著,张之为、戴伟华校理《唐声诗》上编,凤凰出版社,2013,第31页。

② 任中敏著,张之为、戴伟华校理《唐声诗》上编,凤凰出版社,2013,第31页。

（《记》中曲名，列二百七十八，又另见五。又补二），大曲名五十九（《记》中大曲名列四十六，又另见十三）。则皆在大乐署等所掌系统之外，郭氏未尝顾及也（太常掌雅乐及近于雅乐者，教坊掌俗乐及近于俗乐者——乃常例。马端临《通考》谓"前代有燕乐、清乐、散乐，隶太常，后稍归入教坊"）。此两面所有曲名，各具特点，十九不重复（复者仅《春莺啭》等十五调名）。吾人必须综合大乐署供奉曲名、别教院法曲名、教坊杂曲名，旁及《羯鼓录》《乐府杂录》、新旧《唐书》，乃至唐人说部杂书多方所纪之曲名，而汰其复者，为数约在五六百之间，庶得唐代燕乐曲数之概。从此数内，再除当时已有之长短句调名及大曲名，而加入属于凯乐之少数曲名，庶得唐代声诗曲数之概，所谓"二百三十调"是也。①

此二百三十调虽非实数②，但比之郑振铎所举之十余曲，其中差异可谓巨大，足以让人正视唐五代诗乐之实际情形。

第三方面的影响是为唐诗研究开辟了一个新的领域。

---

① 任中敏著，张之为、戴伟华校理《唐声诗》上编，凤凰出版社，2013，第35页。

② 《唐声诗》曰："顾于综合各方调名后，欲汰其复，已觉困难；若更从燕乐曲名内汰其长短句调名，以求得纯粹声诗之曲名，据今日仅有之资料为之，则益难如愿。盖燕乐之曲，十之九乃诗、词异腔，从调名求之，十之三先为声诗，后有长短句，而名并未改。……故目前对唐声诗所用之调，只可就臆说，暂求一假数而已。如郭集'近代曲辞'四卷内，载八十八调名，其中声诗之调六十六，非声诗之调十二，约五与一之比。若就此推，则郭氏所称二百五十三曲内，声诗可能占二百；崔氏《教坊记》所见二百八十四曲内，声诗可能占二百三十曲。此数较之隋、唐长短句调今日所传仅约百数者，已二倍之矣。"任中敏著，张之为、戴伟华校理《唐声诗》上编，凤凰出版社，2013，第35~36页。

任先生治学的方法是"凡治百学，必先鸟瞰其时代，而灼知其环境"。对唐诗的研究，任先生抓住的是"歌辞"这一角度，从唐代诗乐繁盛这一现象出发，不但可以连接上齐梁乐府和宋元词曲两个发展阶段，也有助于在燕乐文艺体用这个大系统中，贯通"文"——乐府、诗、词、曲和"艺"——歌、乐、舞、戏双方，打通"艺术"与"文学"的壅闭，构成一个完整的"音乐文艺"体系。《唐声诗》完全转变了唐诗研究的视野与范式，可谓独辟蹊径，其创建之功，不可忽略。

第二节　从文学研究到"音乐的文学"研究

陈寅恪《王静安先生遗书序》曾谈到所谓"大师巨子"，谓其"尤在能开拓学术之区宇，补前修所未逮"，"其著作可以转移一时之风气，而示来者以轨则也"[①]。作为一个学科，中国古代文学的研究范式相当成熟。文学研究关注的是"文学"本身，"对文学进行研究"也是文学家治学的最终目的，这是毋庸置疑的。传统文学研究的关注点一般集中在作家、作品、内容、体式、风格几个层面。稳定的范式诚然是学科高度发展的标志，但是视野、路径、方法的固定，意味着研究者只能在现有框架内深耕细作，可施展的空间已经不大。而任半塘先生的唐艺学研究做的则是开疆拓土的工作，也就是陈寅恪所说的"开拓学术之区宇，补前修所未逮"，不唯如此，视野的转换带来问题、路径、方法的更新，并且建构自成一体的理论系统，是研究范式的全面翻新，所谓"转移一时之风气，而示来者以轨则"

---

① 陈寅恪：《金明馆丛稿二编》，生活·读书·新知三联书店，2001，第247页。

者，任先生诚堪称之。从这个角度上，我们可以理解任先生在学术史当中的贡献与位置。

早在《敦煌曲初探》写作的时候，任先生就注意到了作为文学的敦煌曲辞与其他艺术样式之间的联系。首先是敦煌曲调与《教坊记》所记载曲调的关系："唐崔令钦之《教坊记》内，列曲名二百七十八，大曲名四十六，又别见曲名五，大曲名十三，总三百四十二，为唐代乐曲调名最丰富之著录。……宜乎敦煌曲之调名才探得六十九，而见于崔记者，已占四十五之多，达百分之六十五……敦煌曲之性质如何，于此已可概见。"[①] 其次，《敦煌曲初探》还探讨了敦煌曲"对于大曲之贡献"；[②] 在"舞容一得"一章中，还对唐代舞谱、酒令、剑器舞进行了深入研究。[③] 在"杂考与臆说"章的"体裁"一节，任先生提出了考察"唐代音乐文艺之全面"的学术目标（见表1）[④]：

表1 唐代音乐文艺之全面

类	项	细目
音乐	乐类	（一）雅乐（二）燕乐（清乐、胡乐）
	曲体	（一）普通杂曲（二）定格联章（三）大曲（法曲）（四）变文插曲
词章	齐言	（一）四言（二）五言（三）六言（四）七言
	杂言	（一）一般长短句（二）三三七言

---

① 任中敏著，张长彬校理《敦煌曲初探》，载《敦煌曲研究》，凤凰出版社，2013，第199~200页。

② 任中敏著，张长彬校理《敦煌曲初探》，载《敦煌曲研究》，凤凰出版社，2013，第210~219页。

③ 任中敏著，张长彬校理《敦煌曲初探》，载《敦煌曲研究》，凤凰出版社，2013，第282~316页。

④ 任中敏著，张长彬校理《敦煌曲初探》，载《敦煌曲研究》，凤凰出版社，2013，第391页。

续表

类	项	细目
伎艺	种类	（一）辞（二）歌（三）乐（四）舞（雅舞、俗舞）（五）令（六）讲（七）戏
	形式	（一）普通歌舞——歌、乐、舞（室内室外及行动之间）
		（二）大合乐——乐、歌、舞、戏
		（三）酒令——著词——令、乐、歌、舞
		（四）俗讲——联章讲唱、变文——讲、唱、读、吟、画展、乐等
		（五）百戏——戏、歌、乐（散乐）
		（六）戏弄——乐、歌、舞、演、白、歌舞类戏、科白类戏
		（七）祭享——乐（雅乐）、歌（齐言）、舞（雅舞）
		（八）挽歌——歌、乐
内容	朝廷	（一）武功（二）文治（三）礼（祭、享、吉、凶、军、宾、嘉等）、教（儒、释、道、袄）等
	民间	（一）职业（二）怨思（三）爱情（四）闲适等

由表 1 可以看出，任先生在"音乐"、"词章"和"伎艺"之间建立联系，把它们看成大文化背景之下具体的、立体的社会活动，在任先生的学术视野中，文学是作为"词章"的文学，是作为整个音乐文艺活动的一个中间环节而存在的。在这种"认识唐代音乐文艺之全面"的研究理念下，任先生在《敦煌曲初探》之"体裁"中，还探讨了唐曲的"演故事或问答体""联章讲唱""杂记字录内配曲""普通联章""唐僧清唱"等多种艺术形式。[①]实际上，这已经涉及与文学密切关联的唐代戏弄、歌舞、著词、清唱等一系列音乐文

---

① 任中敏著，张长彬校理《敦煌曲初探》，载《敦煌曲研究》，凤凰出版社，2013，第 392~409 页。

艺样式的考察研究。

这种视野、立场使得文学研究突破了传统模式，转变为对"音乐的文学"之形态和存在状态，以及它与各种社会活动之关系的追索。丹纳在《艺术哲学》中有一段经典论述："要了解一件艺术品，一个艺术家，一群艺术家，必须正确的设想他们所属的时代的精神和风俗概况。这是艺术品最后的解释，也是决定一切的基本原因。"①文学活动并不能脱离社会、历史、文化而独立存在，而是作为一种社会活动的"运动过程"而存在的，它与具体的、历史的、生动的社会生活紧密联系，忽视了这种丰富多彩的文学生态的研究，只能称为文学研究的"半壁江山"。就唐代文学研究而言，被忽视的另外"半壁江山"就是唐代音乐文艺学。正因为如此，任先生在广泛的文化背景和联系中观照与体认"文学"，具体到《唐声诗》一书的研究，便是从"歌辞"的角度去认识近体诗，把它作为联系"音乐"和"歌唱"的中间环节去认识。

任氏学术的贡献之一就是突破认知盲点。在《敦煌曲初探》第五章"杂考与臆说"之"去蔽"一节中，任先生曾专门陈述唐曲研究中不可不去但又普遍存在的"五蔽"：

> 一曰雅俗之蔽——如认文言雅，语体俗；合律雅，违律俗；叶韵雅，失韵俗；蕴藉雅，浅露俗；短章雅，慢词俗（北宋晏殊讥柳永语，用意一半在此）；文人之作雅，工伎之作俗等是。此乃前人之蔽，今人似已洞晓矣，但事实上并未能尽去之。……
>
> 二曰俗雅之蔽——认为俗者皆是，雅者皆非；出于伎工者皆

---

① 〔法〕丹纳：《艺术哲学》，傅雷译，广西师范大学出版社，2000，第41页。

是，出于文人者皆非；歌唱之脚本为高，词章之选集可废；里巷之歌谣为准，专家之叶韵为迂；俗而至庸，仍取其俗；雅而得当，终恶其雅。尤有甚者，俗而有误，却爱其误；若损其误，便以为损其俗。一若俗文学或民间文艺，必须长期留滞于错误与残损之间，非此便不可贵者，是不知果贵之欤？抑贱之？诚费解矣。……

三曰齐杂之蔽——认为七言绝句乃诗，而非词，必长短句始为词。其实所谓"词"者，重在其为乐曲之歌辞而已。自古迄今，任何时代之乐曲歌辞，无不齐言、杂言并用；唐五代两宋之燕乐，岂能例外！……

四曰声文之蔽——此蔽由前蔽而来，蔽在不知有声，而只知有文也。歌辞之谓"词"，宋时始普遍，以往不然。只此"词"之一字，若单独运用，已有主文而不主声之倾向矣！……

五曰奇正之蔽——真伪乃事物之本质，所当辨明；奇正乃人我之主观，不妨捐弃。若历史可以推翻，主观不可动摇，又蔽之甚矣。①

"五蔽"的共同结症，都在于以主观判断或历史陈见代替历史真实。任先生提出"唐代音乐文艺研究"，不是为了出奇制胜，言他人所不言，而是为了求真、求是，尊重历史的本原，追踪历史的本质。

如上所述，"音乐文学研究"是一种全新的研究角度和力求逼近历史真实的研究方法，在这个视野之下，研究应涵盖三个层面：文献、音乐、文学。

---

① 任中敏著，张长彬校理《敦煌曲初探》，载《敦煌曲研究》，凤凰出版社，2013，第317~319页。

　　文献研究包括各种相关文献如《教坊记》《羯鼓录》《乐府杂录》的版本、校勘、注释、笺证，也包括敦煌曲等民间音乐资料的辑佚、订正、注释。

　　音乐研究包括音乐制度的研究，如岸边成雄的《唐代音乐史的研究》、任先生的《教坊记笺订》，以及曲调及其流传变化的考证，如《唐声诗》下编《格调》，还有各曲调音乐与其歌辞的相互影响关系，这是音乐研究与文学研究互相联接沟通的最关键一环，典型可见《唐声诗》之"歌唱"一章。

　　文学研究包括内容、体式和风格三方面，其中体式和风格受音乐的影响最显著。如元稹《乐府古题序》在谈到"因声以度词"的时候就说："句度短长之数，声韵平上之差，莫不由之准度。"[1] 而考察唐代入乐的诗歌，又以近体为多，因而诗歌的用韵、平仄，甚至句式和体式，都可能与入乐演唱这一需要有关。至于风格，固定的曲调、曲名往往有与之对应的本事和体式，往往形成相对固定的风格，如《雨霖铃》一调凄楚，《破阵乐》一曲雄壮，自唐而宋皆然。

　　任先生的弟子王小盾先生曾言："他（任先生）善于在理论与资料之间寻找交叉点……曲调就是唐代音乐研究中的一种交叉点。"[2] 曲调的研究是唐代音乐文艺研究的关键点。此方面《唐声诗》下编《格调》的做法已张榜样：下编《格调》收一百五十余调，包罗唐诗五言、六言、七言三种句法，每一调下分类以见，列辞、歌、乐、舞、

---

[1] （唐）元稹撰，冀勤点校《元稹集》，中华书局，1982，第 254 页。

[2] 王小盾：《任半塘、王运熙先生的音乐文献工作》，《中国音乐学》1990 年第 1 期。

杂考五类，此法"要在彰明历史之递嬗"①，又"基于声容与辞章之原有联系，既彰其朴素之形体，复穷其潜在之意义"②。

事实上，任先生的音乐文学研究工作在观念和原理上起码可以给我们两点启示。

首先，任先生文学史观念的核心始终是矢志不渝地把文学看作一种生动的社会活动，在研究文学的内容和形式的时候，应该将之与文学的社会功能和表演背景紧密联系起来。只有这种研究，才能清晰地揭示各种文学形式得以形成的原理，以及某种文学样式得以繁盛的原因。

其次，真正意义上的音乐文学研究，是兼通文学与音乐的研究。在古代文学涉及的学科交叉研究中，文史交叉可以说是最经典的一种，卞孝萱先生说过："文史结合的基础是文史兼通，只有通，才能合。"音乐文学的研究亦同此理。不深入了解音乐研究的有关成果，充分占有音乐、文学两方面的资料，真正的"音乐文学研究"将难以落实。

第三节　从一元进化论到多元发生学
——兼论词的起源研究

关注任半塘先生的治学历程，可以发现，唐代音乐文艺研究是任

---

① 任中敏著，张之为、戴伟华校理《唐声诗》下编，凤凰出版社，2013，第5页。

② 任中敏著，张之为、戴伟华校理《唐声诗》下编，凤凰出版社，2013，第1页。

先生早期词曲研究"向发生学的延伸"。①《唐声诗》关注的焦点之一就是词之起源。关于这一问题，自宋代以来就众说纷纭，至今学界仍有辩论与阐发。以之切入，不但可以展示任先生的学术立场和治学路径，也可以从中观照 20 世纪音乐文学研究的历史进路与方向。

20 世纪初，胡适在《吾国历史上的文学革命》中言："文学革命，在吾国史上非创见也。即以韵文而论：《三百篇》变而为《骚》，一大革命也。又变为五言、七言古诗，二大革命也。赋之变为无韵之骈文，三大革命也。古诗之变为律诗，四大革命也。诗之变为词，五大革命也。词之变为曲、为剧本，六大革命也。何独于吾所持文学革命论而疑之？"②

胡适基于白话文运动的立场，标举词之一体，建立了新的鉴赏、批评标准与词史观念，可谓功莫大焉。但他将诗歌文体的演进路径归纳为"古诗—律诗—词—曲"，其理论渊源显然来自进化论，是近代史学理论西化潮流在文学领域的延续和表现。这一论述发展了王国维"一代之文学"的观念，并且吸收利用了明清诗论当中的某些观点，如胡应麟《诗薮》曰："四言变而《离骚》，《离骚》变而五言，五言变而七言，七言变而律诗，律诗变而绝句，诗之体以代变也。……诗至于唐而格备，至于绝而体穷。故宋人不得不变而之词，元人不得不变而之曲。词胜而诗亡矣，曲胜而词亦亡矣。"③又焦循《易余籥录》云："晚唐渐有词，兴于五代而盛于宋，为唐以前所无。……词之体

---

① 王小盾：《〈宋代声诗研究〉序》，载杨晓霭《宋代声诗研究》，中华书局，2008，第 2 页。
② 胡适：《吾国历史上的文学革命》，载《胡适古典文学研究论集》上册，上海古籍出版社，2013，第 9 页。
③ （明）胡应麟：《诗薮·内编》，中华书局上海编辑所，1958，第 1 页。

尽于南宋，而金、元乃变为曲……"①《四库全书总目》"集部·词曲类"概括得尤其精简:"三百篇变而古诗，古诗变而近体，近体变而词，词变而曲。"②这种"西体中用"的解释模式意图为文体演变提炼出一种能够被高度概括的简明规律，也是当时知识分子希望对人文学科进行科学化改造的表现。文学史书写深受这种思维方式的影响，直到 20 世纪 80 年代，"古诗—律诗—词—曲"的论述公式依然盛行，与之相关的还有兴盛一时的对事物演变过程"发轫—发展—兴盛—衰落"的描述模式。它的缺陷是显而易见的，将丰富的历史现象与其复杂的发展过程简化为一元化的线性描述，其结论很难说是基于历史事实的客观判断，还是理念先行的结果。

落实到词之起源的讨论，胡适《词的起原》是国内最早的几篇文章之一，其中有几个要点:第一，将讨论范围限制在"长短句"内;第二，讨论词起源之时间点，指认在中唐;第三，探索词杂言体式产生的原因，指出"依曲拍为句"填词方式的关键作用。③起源时间及体式生成这两个问题显然是词源问题的核心，刘毓盘的《词史》、王易的《词曲史》、郑振铎的《词的启源》、胡云翼的《词的起源》、龙沐勋的《词体之演进》、阴法鲁的《关于词的起源》、刘尧民的《词与音乐》等都对之进行了回应和阐述。

上述研究都是在"音乐"与"文学"的两重框架下展开论述的。在音乐层面，衍生的论题主要有:词音乐背景方面的争议，是华乐还

---

① （清）焦循:《易余籥录》,《丛书集成续编》第 29 册，新文丰出版股份有限公司，1989，第 369 页。
② （清）永瑢等:《四库全书总目》，中华书局，1965，第 1807 页。
③ 胡适:《词的起原》，载《胡适古典文学研究论集》上册，上海古籍出版社，2013，第 440~451 页。

是胡乐？是民间音乐还是宫廷音乐？这些问题不仅关系到文化属性的确定，更推进为音乐与歌辞配合之技术问题的讨论，如长短句是否是由于外来新兴音乐在曲体上具有某些特点，导致原有的齐言歌辞与音乐不协调，进而激发长短句产生？继之而来的就是文体层面上，词之文体特征从何而来的疑问：词的杂言句式还有格律是如何形成的？摘其要者而论，除了胡适所主张的"依调填词""依曲拍为句"说，最重要的就是和、泛、散声填实说，青木正儿、萧涤非、刘毓盘、王易等人均主之，更发展为拆解、分裂、重组齐言诗句子而转变为杂言的观点。

和、泛、散声填实说有历史渊源，朱熹、沈括、方成培均有论及，略摘如下。

（1）泛声说

朱熹《朱子语类》："古乐府只是诗，中间却添许多泛声。后来人怕失了那泛声，逐一声添个实字，遂成长短句，今曲子便是。"[①]

（2）和声说

沈括《梦溪笔谈》："诗之外又有和声，则所谓曲也。古乐府皆有声有词，连属书之。如曰贺贺贺、何何何之类，皆和声也。今管弦之中缠声，亦其遗法也。唐人乃以词填入曲中，不复用和声。此格虽云自王涯始，然贞元、元和之间，为之者已多，亦有在涯之前者。"[②]

（3）散声说

方成培《香研居词尘》："唐人所歌，多五七言绝句，必杂以散声，然后可比之管弦。如《阳关》诗，必至三叠而后成音，此自然之理。后来遂谱其散声，以字句实之，而长短句兴焉。故词者所以济近

---

① （宋）黎靖德编，王星贤点校《朱子语类》，中华书局，1986，第3333页。

② （宋）沈括撰，胡道静校注《新校正梦溪笔谈》，中华书局，1957，第62页。

体之穷,而上承乐府之变也。"①

和、泛、散声填实说的思路是一致的,如任先生所言:"虽名称各异,而实质则一:皆信唐诗配乐之际,必剩有余声,故得而填以实字。此项实字,或当时随唱随了,未尝影响原诗之传辞;或已经习惯流传于辞句之中,成为定型,因而产生长短句词。"②这种观点的本质就是认定齐言诗是杂言词的母体,长短句是由齐言诗(近体)句式变化而来的。

无论是"依曲拍填词"说还是和、泛、散声填实说,都是对杂言体体式生成机制技术层面的阐述。不过,不可否认的是,近代以来"胡乐生词""华乐主体""民氓燕乐"等争论在客观上提升了词源问题的层次,将之拓展为一种文化学背景下的讨论,赋予了这个古老命题更丰厚的内涵、更大的学术格局与阐释空间,并逐步走向历史学、文化学、音乐学、文学等多学科交叉的综合研究。

《唐声诗》的研究对象虽然是"声诗",但词源问题是其实质起点。在《唐声诗》写作前,任先生已完成《教坊记笺订》《敦煌曲详玩》《唐大曲第三考》等稿。从"唐代音乐文艺研究"之整体看,这些都与《唐声诗》密切相关,甚至可视之为其前期工作。如《教坊记》关涉之教坊制度、人事、曲调汇存,敦煌曲中所见曲调、曲辞体制(如联章等),大曲所反映的唐代宫廷音乐之用调、曲体形态、宫廷音乐系统及其与词调的转化等。这些工作使《唐声诗》获得了宽广的视野,其论述覆盖了文化、制度、民俗、艺术、文学等诸领域,得

---

① (清)方成培:《香研居词尘》,载王云五主编《丛书集成初编》,商务印书馆,1936,第1页。

② 任中敏著,张之为、戴伟华校理《唐声诗》上编,凤凰出版社,2013,第155~156页。

以从更立体、多元的角度观照问题。

　　《唐声诗》的姊妹篇，王小盾先生的《隋唐五代燕乐杂言歌辞研究》也体现出相同的学术旨趣。在词源问题上，《唐声诗》阐述了隋唐燕乐与文学（齐言与杂言歌辞）的相关关系，但否定了近体律诗与长短句辞的直接承继关系。那么，词的体式特征——词调、格律是如何获得的？这些特征的获得与燕乐背景、宴乐文化，以及文人生态又有何具体联系？《隋唐五代燕乐杂言歌辞研究》的结论是：词是在新俗乐兴起以后，经长期发展而形成的一种文体。就其主要的阶段性特征而言，词经历了民间辞、乐工辞、饮妓辞、文人辞次第演进的过程。词体的格律特征是逐步获得的：在民间辞阶段，获得歌调；在乐工辞阶段，获得依调撰辞的曲体规范；在饮妓辞阶段，增加众多改令令格；在五代以后的文人辞阶段，这些令格转变成由词谱所规定的种种格律。[1] 对词演进历史的阶段性划分，从立体的社会活动中观照文学的存在，从艺术演艺形态中去寻求文学形式产生和演进的路径，为词源研究建立了新的学理框架，使之成为一个综合性的发生学课题。

---

　　[1]　王小盾:《〈宋代声诗研究〉序》，载杨晓霭《宋代声诗研究》，中华书局，2008，第3页。

第二章 资料与方法

第一节 《唐声诗》的文献资料

一 敦煌文献的利用

陈寅恪先生在《陈垣〈敦煌劫余录〉序》中有一句名言："一时代之学术，必有其新材料与新问题。取用此材料，以研求问题，则为此时代学术之新潮流。治学之士，得预于此潮流者，谓之预流。"①词曲研究之所以在 20 世纪初崛起，成为古代文学研究的一大热点，除了白话文运动的影响，敦煌文献的面世也是直接推动力量。

敦煌文献时间跨度为公元 5~11 世纪六百余年，内容涵盖面极广。在文学领域，既有中原文人作品，亦有地方性俗文学作品，更有一批歌辞写卷，其中有诗人文士创作的辞章、流传于敦煌地区的俗曲俚调，也有释门劝世化俗的佛曲歌赞，大多散见于诗文丛抄、经济文书、释氏门类之内，也有单独成帙的曲辞写本。

由于敦煌文献的特殊性，考证敦煌歌辞作者的工作是比较困难的，目前只有极少几首作品可证为文人制作，如唐昭宗李晔《菩萨

---

① 陈寅恪：《金明馆丛稿二编》，生活·读书·新知三联书店，2001，第 266 页。

蛮》二首（登楼遥望秦宫殿）（飘飘且在三峰下），温庭筠《更漏子》（金鸭香），欧阳炯《菩萨蛮》（红炉暖阁佳人睡）与《更漏长》（三十六宫秋夜永），以及沈宇《乐世词》（菊黄芦白雁南飞），其余多为无名氏之作。一般认为，敦煌歌辞属于民间辞，它的巨大价值，正如王文才先生在《敦煌曲初探序》中所说："即以民间文艺的发展而言，在宋代市民阶级日益成长的社会中，说唱伎艺非常盛行，虽云社会经济使然，但其文学形式应有一定的基础作为根据，才能发展为宋代比较成熟的说唱形式；而唐代旧有的资料，却不足以见此形式之渊源。敦煌材料的发现，不但补足了这段缺陷，也说明了宋元以来说唱文学的传统来源，和发生、发展的过程。……假如只靠唐宋以来史籍、杂记和文学中所见，以求当时情况及其影响，实在模糊不清；因此，前人许多推论往往落空，甚至错误，如旧来对于'词'的产生，和一般对宋元讲唱的讨论，便是很好的例证。"① 敦煌歌辞的重要性，在于它提供了"词"这种新兴的抒情文学体式的初始状态，为"词的起源"这个争论千年的学术疑案提供了极可贵的参考资料。

国内最早接触敦煌文献的是罗振玉、王国维等清末民初学者。1909 年，伯希和携掳掠的数千敦煌文物归法，途中过京，曾将部分文书展示于罗、王等人。同年秋天，罗振玉等人便将所得部分敦煌写卷编为《敦煌石室遗书》印行②，这是国内最早出版的敦煌文献。1913 年，罗振玉又出版《鸣沙石室佚书》③，此乃根据伯希和回法后寄给罗的写卷照片整理而成。但是，由于受传统文学观念的束

---

① 王文才：《敦煌曲初探序》，载任中敏著，张长彬校理《敦煌曲研究》，凤凰出版社，2013，第 171 页。
② 罗振玉辑《敦煌石室遗书》，诵芬室 1909 年刊行。
③ 罗振玉辑《鸣沙石室佚书》，上虞罗氏 1913 年印。

缚，罗振玉没有对写卷中的敦煌歌辞作品给予足够的关注。最早介绍和辑录敦煌曲子辞的是王国维。1913 年，王国维在《唐写本春秋后语背记跋》中介绍了敦煌写卷《望江南》二首、《菩萨蛮》一首的情况[①]；1920 年，在《敦煌发现唐朝之通俗诗及通俗小说》中，向学界刊布敦煌写本《春秋后语》卷背所抄《望江南》（文中误作《西江月》）二首、《菩萨蛮》一首，以及《云谣集（原文作"玄谣集"）杂曲子》中的《凤归云》二首、《天仙子》一首。[②]这是《云谣集》名称及其作品的首次刊布。由于当时国内环境艰难，直到 1933 年，国内学者多方索求，才集齐《云谣集》全本，凡三十首，刻入《彊村遗书》刊行。至此，这部现知最早的唐五代词总集得以全本面世。其后，陆续有周泳先《敦煌词掇》、冒广生《新斠云谣集杂曲子》、唐圭璋《云谣集杂曲子校释》《敦煌唐词校释》等一批整理成果面世。[③]另一部重要的敦煌曲子辞集出现在新中国成立后。1950 年，王重民《敦煌曲子词集》出版，该集分三卷编排，上卷收长短句曲子词一百零九首，中卷收《云谣集杂曲子》三十首，下卷收大曲词十九首，附录五首，共一百六十三首。[④]此书广搜海内外敦煌曲子词文献，校勘精严，堪称集大成之作。

任半塘先生治理唐代音乐文艺的研究也是由敦煌歌辞入手的。

---

① 收入王国维《观堂集林》，中华书局，1959，第 1023 页。

② 王国维：《敦煌发现唐朝之通俗诗及通俗小说》，《东方杂志》1920 年第 17 卷第 8 号。

③ 周泳先：《敦煌词掇》，共收录此期国内所能见到的敦煌曲子词凡 21 首，后收入《唐宋金元词钩沉》。冒广生：《新斠云谣集杂曲子》，《同声》月刊，1941年第 1 卷第 9 号。唐圭璋：《云谣集杂曲子校释》，《国立中央大学文史哲季刊》1943 年第 1 卷第 1 期。唐圭璋：《敦煌唐词校释》，《中国文学》1944 年第 1 卷第 1 期。

④ 王重民辑《敦煌曲子词集》，商务印书馆，1950。

自王重民编《敦煌曲子词集》，国内外的敦煌曲似已经作总结集，若从事探讨研究，理应以此为依据。但是任先生并没有直接利用这份整理成果，而是把已有的资料加以整合，再加上自己在北图发现的敦煌抄本，重新进行校订工作。当时任先生居成都，自言"所见敦煌文物极少"，但凡能见，都尽力网罗。他所利用的本子包括罗振玉的《敦煌零拾》、朱祖谋的《彊村遗书·云谣集》、冒广生的《新斠云谣集杂曲子》、刘复的《敦煌掇琐》、许国霖的《敦煌杂录》、王重民的《敦煌曲子词集》、北京图书馆抄敦煌卷子、郑振铎的《世界文库》《中国俗文学史》、卢前的《敦煌文钞》、周泳先的《敦煌词掇》、唐圭璋的《敦煌唐词校释》《云谣集杂曲子校释》、傅芸子的《敦煌俗曲之发现及其展开》《五更调的演变》、日本《大正新修大藏经》。[①]

20世纪50年代，任先生著作《敦煌曲校录》。此书分三部分：第一部分，普通杂曲，四十八调二百零五首，又失调名二十二首：共二百二十七首（含《云谣集杂曲子》）；第二部分，定格联章，四调，十七套二百八十六首，又失调名一套十二首：共二百九十八首；第三部分，大曲，五调，五套二十首。全书共校录五十七调，及失名之调十调，辞五百四十五首，是王集之一百六十三首的三倍有余，可谓当时最全的敦煌歌辞集。唯有一点，《敦煌曲校录》出版于1954年，其时国内尚未有藏于巴黎与伦敦之敦煌遗书的显微胶卷照片，无法以之核对诸家原文正误。不过，这一美中不足之处，已在后来的《敦煌歌

[①] 任中敏:《敦煌曲校录·凡例》，载任中敏著，张长彬校理《敦煌曲研究》，凤凰出版社，2013，第2页。

辞总编》中"改正了十之八九"。[①]

　　《敦煌曲校录》区别于其他敦煌曲子辞集的最大特点是特别详明大曲辞一体,并且兼收曲子辞体宗教歌辞。这与《全唐诗》之后诗词集不收宗教歌辞的成例大相径庭。兼收大曲辞与宗教歌辞的原因在于任先生认为《敦煌曲校录》的性质乃研究之样本,从辞乐关系看,大曲辞与杂曲辞并无本质区别,而排斥宗教歌辞,其本质是以传统的文人词、作家文学的角度去要求敦煌的、实际应用于民间的曲子歌辞,因此,为求研究体裁完备,以上两体都应该收录无遗。

　　除了歌辞,任先生还充分关注了敦煌文献中保存的曲谱。早年在《词曲通义》中他曾经说:"因词曲为纯粹合乐之韵文,音乐方面既有音谱之成立与变化,故文字方面亦有牌调之成立与变化。"[②]"词曲之特点,既在合乐,而乐之表示,端在音谱,故音谱一层,甚为重要。词曲事业之全部中,音乐与文字,实各占其半。欣赏词曲者,可以仅取文而舍音,或仅取音而舍文;若在研究词曲者之意识中,则音谱与文字,固不应有所轩轾轻重于其间也。"[③]当中的理念很明确,视音乐演艺活动为一整体,音乐、文辞各自为其一端,又互相影响,二者不可偏废。音乐方面的资料,不乏一些描述性文字材料,但最直接反映曲调音乐形态的,无疑是曲谱,因而曲谱历来是治古代音乐史者最为关注的核心材料之一。

---

① 王悠然:《敦煌歌辞总编·序》,载任中敏编著,何剑平、张长彬校理《敦煌歌辞总编》,凤凰出版社,2014,第1页。

② 任中敏著,金溪辑校《词曲通义》,载《散曲研究》,凤凰出版社,2013,第92页。

③ 任中敏著,金溪辑校《词曲通义》,载《散曲研究》,凤凰出版社,2013,第94页。

　　现存敦煌曲谱共二十五首，见于 P.3539、P.3719、P.3808。对于
敦煌曲谱的音乐学研究主要就下列层面展开：抄写年代、曲体、谱
式、谱字音位、定弦、节拍节奏等①，任先生以节拍节奏研究影响最
著。这是敦煌曲谱研究中最关键的争议点之一，主要集中于对曲谱
当中"□""、"两个符号的解释。任先生的观点是"□"相当于工
尺谱中之拍，"、"相当于眼，因而其说被称为"拍眼说"。②其后叶
栋先生的译谱采纳了这一意见，影响很大。③其他比较重要的还有赵

---

① 主要成果有〔日〕林谦三、〔日〕平出久雄《琵琶古谱之研究》，〔日〕林谦
　　三《敦煌琵琶谱的解读研究》，饶宗颐《敦煌琵琶谱》《敦煌乐谱新解（附译
　　谱）》《敦煌琵琶谱读记》《敦煌琵琶谱与舞谱之关系》《敦煌琵琶谱写卷原本
　　之考察》《敦煌琵琶谱〈浣溪沙〉残谱研究》，叶栋《敦煌曲谱研究》，毛继
　　增《敦煌曲谱破译质疑》，陈应时《敦煌乐谱新解》《应该如何评论〈敦煌曲
　　谱研究〉——与毛继增同志商榷》《解译敦煌曲谱的第一把钥匙——"琵琶
　　二十谱字"介绍》《评〈敦煌曲谱研究〉》《论敦煌曲谱的琵琶定弦》《读〈论
　　敦煌曲谱的琵琶定弦〉质疑——兼答林友仁同志》，林友仁《〈论敦煌曲谱的
　　琵琶定弦〉质疑——与陈应时同志商榷》，席臻贯《敦煌曲谱第一群定弦之
　　我见》，何昌林《三件敦煌曲谱资料的综合研究》《关于敦煌琵琶谱的抄写人
　　（〈唱词十九首〉之谜）——敬答饶宗颐教授》，赵维平《唐传五弦琵琶谱谱字
　　音位及定弦的我见——兼与叶栋先生商榷》，赵晓生《〈敦煌唐人曲谱〉节奏
　　另解——与叶栋先生商榷》《敦煌曲谱是唐大曲结构吗——与叶栋先生商榷又
　　一题》，金建明《关于〈敦煌曲谱〉研究的几个问题——与陈应时先生商榷》，
　　唐朴林《敦煌琵琶曲谱刍议》，李国俊《敦煌曲谱的新探讨——叶栋、陈应
　　时两先生译谱之比较研究》等。参考黄贤忠《20 世纪词体研究回顾与述评》，
　　《中华文化论坛》2018 年第 11 期，有增补。
② 《敦煌曲初探》曰："唐俗歌绝非一句一拍，诸谱亦经明示；尤显著者，厥为
　　《西江月》。因谱内例以'、'为眼，以'□'为拍。《西江月》辞，每片四
　　句、四韵而已，而谱内每片之'、'有十，'□'有八。《倾杯乐》辞前后片
　　共二十句、九韵，而谱内'、'有三十五至四十，'□'有十四至十六。"任
　　中敏著，张长彬校理《敦煌曲初探》，《敦煌曲研究》，凤凰出版社，2013，
　　第 492~493 页。
③ 叶栋：《敦煌唐人乐谱》，《音乐艺术》1982 年第 1、2 期。

晓生"句逗说",以"囗"为长顿、"、"为小顿[1];以及陈应时"掣拍说",认为一个标音符号为一拍,"囗"相当于小节线,"、"为掣拍号,凡带"、"号之谱字均减去半拍,与前一谱字合为一拍。[2]虽然对这些符号的解读至今尚未取得完全一致的意见,但从任先生的研究看,他针对敦煌曲谱节拍节奏的研究,有非常明确的指向:从这批珍贵的唐代乐谱入手,尝试厘清唐代歌辞与音乐曲调的配合关系。具体而言,是要确定是否"一字一声",即乐谱中的一个谱字(一声)是否配入歌辞中的一个文字。举《倾杯乐》谱为例:"有二谱:甲谱后连接慢曲子之谱。慢曲子谱甚短,而末有'重头尾'三字,或即谓须照前谱装头尾也。但前谱约百二十三字,并未分出头尾。乙谱'倾'作'顷';约当一半处,注'火'字,似所以分前后片也。何以用'火'字?亦待考。此较甲谱微长,不附慢曲子之谱。查《倾杯乐》辞:〔〇二〇〕前片五十六字,后片五十四字,合一百十字;〔〇二一〕前片五十四字,后片五十七字,合一百十一字。实际辞与谱如何相配,未详。惟大概可以证明,并非一字一声。"[3]又《西江月》谱:"题'又慢曲子《西江月》',疑'又慢曲子'乃衍文。谱字约九十六,有一字说明曰'重',乃'重头'之省文也。后接一谱,题'又慢曲子',疑方是此调慢曲子之谱。谱字仅约七十二,内亦有'重'字。按两谱之'重'字位置,均当全谱之一半处。而《西江月》辞〔〇五四〕等三首,均作双叠,每叠句法

[1] 赵晓生:《〈敦煌唐人曲谱〉节奏另解——与叶栋先生商榷》,《音乐艺术》1987年第2期。
[2] 陈应时:《敦煌乐谱新解》,《音乐艺术》1988年第1期。
[3] 任中敏著,张长彬校理《敦煌曲初探》,载《敦煌曲研究》,凤凰出版社,2013,第491页。

'六六七六'，二十五字（衬字除外），与谱相配情形，大致分明。益可证明其并非一字一声也。"① 从上述论证可知，任先生的意见是否认"一字一声"。是否"一字一声"之所以重要，是因为历代对杂言体歌辞产生机制最主流的一种解释，就是齐言体歌辞通过填实和声、泛声、散声而转变为杂言体歌辞，而这种观点的乐理基础就是"一字一声"。任先生否定"一字一声"，进而说明杂言体歌辞非由齐言歌辞转化而来，诗词之间不是"父子"关系，这正是《唐声诗》论证的核心与重点之一。也就是说，敦煌歌辞及其曲谱，为《唐声诗》讨论诗词、辞乐关系提供了关键支撑。

正是从敦煌曲研究开始，任先生正式进入了唐代音乐文艺研究，随之而来的是《唐声诗》等皇皇巨著。1987 年，91 岁的任先生出版了他的另一部巨著《敦煌歌辞总编》，辑录歌辞一千三百余首，乃是"在《敦煌曲校录》五百余首的基础上不断增订，酝酿了二十多年"而成的。可见终其一生，任先生都没有放弃他对敦煌曲的关注和研究。

二　《唐声诗》所引资料述略

任半塘先生的《唐声诗》引用的资料极为丰富，从官修史籍如新旧《唐书》、诗文集如《花间集》、各类笔记如《教坊记》，到近现代学者研究成果如王国维《唐宋大曲考》、胡适《词的起原》，以至邻邦学者成果如岸边成雄《唐代音乐史的研究》等，均在参考之列。任先生的弟子王小盾先生曾将其师的治学风格喻为"大禹治水"式："任先生的研究有很明确的目的性和计划性。为着建立自己的理论体

---

① 任中敏著，张长彬校理《敦煌曲初探》，载《敦煌曲研究》，凤凰出版社，2013，第 491 页。

系，研究往往在穷尽一切相关资料的同时，也穷尽一切相关的传统课题。"①从这个角度来看，研究《唐声诗》所引用的文献资料，是有意义的。首先，《唐声诗》是"声诗学"的开山之作，所谓"志在披荆斩棘，垦拓荒宇，以利来者"是也②，在声诗学领域，其所挖掘的材料，无疑具有导夫先路的开拓性意义。其次，由于《唐声诗》资料搜索的丰富性和完备性，汇编它所引用的书目，能够在声诗学的研究中起到提纲挈领、指示门径的作用。

《唐声诗》中广泛引用的国内古籍文献资料，主要包括以下几种类型。

一是诗词文集，如《古诗十九首》《玉台新咏》《花间集》《云谣集》《乐府诗集》《全唐诗》《全唐五代词》《全唐文》《全宋词》等。

二是历代诗词话、词谱，如《本事诗》《诗话总龟》《四溟诗话》《诗薮》《围炉诗话》《带经堂诗话》《柳亭诗话》《历代诗话》《词品》《古今词话》《词谱》《词律》《历代诗余》《词苑萃编》《莲子居词话》等。

三是笔记，如《朝野佥载》《隋唐嘉话》《大唐新语》《明皇杂录》《酉阳杂俎》《唐摭言》《唐语林》《南部新书》等。

四是类书，如《初学记》《册府元龟》《太平御览》等。

五是史书，如《唐会要》《五代会要》《通典》以及廿四史等。

六是小学类，如《说文》等。

① 王小盾:《任半塘、王运熙先生的音乐文献工作》，《中国音乐学》(季刊)1990年第1期。
② 任中敏:《唐声诗总说》，载任中敏著，张之为、戴伟华校理《唐声诗》上编，凤凰出版社，2013，第9页。"声诗学"之提法，最早见于《唐声诗总说》；又见曹明纲《〈唐声诗〉简介》，《文学遗产》1983年第2期。

近人有关音乐文艺的研究成果，也被广泛引用。如王国维《唐宋大曲考》、郭沫若《卜天寿〈论语〉抄本后的诗词杂录》、夏承焘《令词出于酒令考》、向达《唐代长安与西域文明》、夏敬观《词调溯源》、刘尧民《词与音乐》、王运熙《六朝乐府与民歌》、欧阳予倩《试谈唐代舞蹈》、萧涤非《论词之起源》、胡适《词的起原》、刘梦秋《阳关三叠考订》、胡怀琛《中国民歌研究》等。

此外，还有国外文献，如日本方面的有阳明文库唐写本《五弦琵琶谱》、安倍季尚《乐家录》、德川光圀《大日本史·礼乐志》、新井白石《乐考》、铃木虎雄《词源》、岸边成雄《唐代音乐史的研究》等。

《唐声诗》搜罗资料之完备，可以举第四章"歌唱"为例。《唐声诗·歌唱》一章使用的文献资料见下。

唐以前					
戴圣《礼记·乐记》	班固《汉书·艺文志》	沈约《宋书·乐志》	释智匠《古今乐录》	释慧皎《高僧传》	刘勰《文心雕龙·乐府》

唐五代					
孔颖达《诗大序疏》	赵匡《损益义》	房玄龄《晋书·乐志》	魏徵《隋书》	李林甫《唐六典》	杜佑《通典》
王溥《唐会要》	刘昫《旧唐书·音乐志》	崔令钦《教坊记》	南卓《羯鼓录》	段安节《乐府杂录》	李肇《唐国史补》
韦绚《嘉话录》	张读《宣室志》	范摅《云溪友议》	苏鹗《杜阳杂编》	孙棨《北里志》	皇甫松《醉乡日月》
沈亚之《歌者叶记》	李濬《松窗摭异录》	钟辂《前定录》	罗隐《拾甲子年事》	李匡乂《资暇录》	元稹《乐府古题序》
白居易《白氏长庆集》	赵崇祚《花间集》	佚名《尊前集》	敦煌乐谱、变文	杂引唐五代人诗词作品（从略）	

续表

宋代					
陈旸《乐书》	欧阳修《太常因革礼》	朱熹《仪礼经传通解》	姜夔《大乐议》	欧阳修《新唐书》	欧阳修《新五代史》
孙光宪《北梦琐言》	黄休复《茅亭客话》	乐史《杨太真外传》	沈括《梦溪笔谈》	苏轼《仇池笔记》	黎靖德《朱子语类》
朱翌《猗觉寮杂记》	程大昌《演繁露》	洪迈《容斋随笔》	吴曾《能改斋漫录》	毛开《樵隐笔录》	岳珂《桯史》
周密《癸辛杂识》	周密《齐东野语》	陈鹄《耆旧续闻》	陈元靓《事林广记》	郭茂倩《乐府诗集》	苏轼《东坡题跋》
洪迈《万首唐人绝句》	赵长卿《惜香乐府》	刘攽《中山诗话》	王直方《直方诗话》	蔡居厚《诗话》	王灼《碧鸡漫志》
阮阅《诗话总龟》	葛立方《韵语阳秋》	姜夔《白石道人歌曲》	胡仔《苕溪渔隐丛话》	沈义父《乐府指迷》	张炎《词源》

金代					
董解元《西厢》					

元代					
脱脱《宋史·乐志》	李冶《敬斋古今黈》	刘履《风雅翼》			

明代					
智化寺京音乐谱	朱权《唐乐笛字谱》	王圻《续文献通考》	田汝成《委巷丛谈》	杨嗣昌《武陵竞渡略》	方以智《通雅》
王世贞《弇州山人稿》	杨慎《词品》	俞彦《爱园词话》	胡震亨《唐音癸签》		

清代					
王夫之《尚书引义》	钮少雅《南曲九宫正始》	允祉《律吕正义》	允禄《九宫大成南北词宫谱》	毛奇龄《皇言定声录》	吴颖芳《吹豳录》
胡彦昇《乐律表微》	徐养原《律吕臆说》	叶堂《纳书楹曲谱》	纪昀《四库提要》	顾炎武《日知录》	刘廷玑《在园杂志》

续表

清代					
何琇《樵香小记》	范锴《花笑庼杂笔》	俞正燮《癸巳存稿》	沈曾植《全拙庵温故录》	徐珂《清稗类钞》	纳兰性德《通志堂集》
彭定求《全唐诗》	郑文焯《瘦碧词》	王士禛《渔洋诗话》	吴乔《围炉诗话》	陈廷敬《词谱》	万树《词律》
沈雄《古今词话》	徐釚《词苑丛谈》	方成培《香研居词尘》	吴衡照《莲子居词话》	杜文澜《憩园词话》	谢章铤《赌棋山庄词话》
江顺诒《词学集成》	胡薇元《岁寒居词话》	况周颐《词学讲义》	况周颐《蕙风词话》		

近现代中国					
朱谦之《中国音乐文学史》	许之衡《中国音乐小史》	杨荫浏《中国音乐史纲》	刘毓盘《词史》	徐棨《词通》	胡适《词的起原》
郑振铎《词的启源》	萧涤非《论词之起源》	龙沐勋《词体之演进》	夏敬观《词调溯源》	浦江清《词曲探源》	冒广生《疚斋词论》
刘尧民《词与音乐》	冯沅君《中国诗史》	冯沅君《古剧说汇》	王国维《宋元戏曲史》	周贻白《中国戏剧史》	沈知白《中国音乐诗歌与和声》
俞平伯《诗的歌与诵》	朱光潜《诗论》	朱光潜《歌谣研究》	罗庸《歌谣的衬字与泛声》	王运熙《六朝乐府与民歌》	张长弓《对于乐府诗选序的意见》
唐圭璋《敦煌唐词校释》	向达《唐代俗讲考》	朱祖谋《东坡乐府凡例》	丘琼荪《白石道人歌曲通考》	夏承焘《白石歌曲旁谱辨》	唐兰《白石道人歌曲旁谱考》
刘永济《宋代歌舞剧曲录要》	赵万里《校辑宋金元人词序》	潘怀素《从古今字谱论龟兹乐影响下的民族音乐》	赵景深《中国文学史纲要》	赵景深《中国文学史新编》	郑宾于《中国文学流变史》
刘大杰《中国文学发展史》	徐嘉瑞《近古文学概论》	陈子展《唐宋文学史》			

续表

日本					
阳明文库藏唐写本《五弦琵琶谱》	德川光圀《大日本史·礼乐志》	林谦三《国宝五弦谱及其解读的端绪》	林谦三《敦煌琵琶谱的解读研究》	林谦三《隋唐燕乐调研究》	田边尚雄《东洋音乐史》
内藤虎次郎《宋乐与朝鲜乐之关系》	青木正儿《关于词格底长短句发达底原因》	青木正儿《刘知远诸宫调考》	森槐南《词曲概论》	目加田诚《词源流考》	铃木虎雄《词源》
盐谷温《中国文学概论讲话》	橘瑞超《中央亚西亚探险谈》	石田干之助《中央亚细亚探险之经过及其成果》			

朝鲜					
成伣《乐学轨范》	《进馔仪轨》				

以上虽只是窥豹一斑，亦可足见《唐声诗》材料采集之丰厚广博。从时间跨度看，涵盖了历代以来的相关记载、讨论，从地域跨度看，广泛参考了邻邦日本与朝鲜的相关资料，几乎已将当时可见的论题相关材料搜集网罗殆尽。

作为"唐代音乐文艺研究"的一部分，《唐声诗》与传统的文本文学研究不同，其研究对象是社会的、动态的、与具体历史紧密联系在一起的"音乐的文学"，其研究目的是揭示音乐文学的存在状况，及其与当时各种社会活动的关系，追究其形态的历史渊源与影响，因此它不以书籍或作品类别作为文献整理的基本单位，而是以问题为中心来发掘整理材料，考订文献，继而总结理论。

第二节　《唐声诗》的研究方法

一　理论渊源——实证主义与新考据派

《唐声诗》乃至任先生的所有著作，都始终贯穿着实证主义的科学精神，在操作方法上，则体现为细致的文献考据工作。

实证主义诞生于 19 世纪的英国和法国，作为一种社会思潮，它来自当时对科学、客观和理性的崇拜，达尔文的进化论等一系列发现，激荡起了新的思想旋风。人文学者相信，人文科学研究能够向自然科学研究靠拢，尤其是在研究方法上可以相通，利用自然科学的理论方法，能够对人文现象进行有效阐述解析。也就是说，不能用思辨和想象来代替对事实的研究，而是把自然科学依据经验事实和观察求得事物变化规律的方法应用于对社会历史的研究，最终提炼各种复杂社会现象的规律。实证主义认为科学研究包括确定事实和发现规律，在具体方法上，首先是对材料的完整搜集、全部占有，其次是对材料进行谨慎的考证、严密的辨析。从方法论的角度来看，实证论哲学的精髓在于严复所说的"一理之明，一法之立，必验之物物事事而皆然，而后定之为不易。其所验也贵多，故博大；其收效也必恒，故悠久；其究极也，必道通为一，左右逢原，故高明"。[①] 不难发现，西方实证主义与清代乾嘉学派在治史方法和理念上具有明显的不谋而合之处，即广搜史料以求真、严辨史料以求确的工作方式，以及"求真崇实"的追求。

由于与乾嘉学派在学理上相通，实证主义很快被新一代中国历史学者接受，并且与传统考据学结合，经过扬弃，产生了"新考据学

---

① 《严复集》，中华书局，1986，第 45 页。

派"，当中的杰出学者如王国维、陈寅恪、陈垣等，代表了当时文史研究所能达到的高度。

王国维的主要贡献在"二重证据法"，陈寅恪在《王静安先生遗书序》中总结为"取地下之实物与纸上之遗文互相释证""取异族之故书与吾国之旧籍互相补正""取外来之观念与固有之材料互相参证"。①陈寅恪之长在强调全面占有史料的基础上进行严格的考订和选择。实证主义史学的主要流派朗克学派曾建立一套包括"外部考证"和"内部考证"的史料辨伪考证方法。"外部考证"，即将原始文献资料与同时其他记载或不同版本作比勘，使史料真伪毕现；"内部考证"即分析考察史书作者或事实记录者的意图及依据，以定其可信程度。这两套手法陈寅恪兼擅，杰出成果即《元白诗笺证稿》《柳如是别传》。陈垣的显著特点是对史料的"涸泽而渔"式的搜求，而且务求"第一手材料"。可以看出，虽然研究的领域各有所擅，但上述诸家都有发掘新材料、拓展资料范围的强烈自觉，如傅斯年在《史学方法导论》中总结的那样："史料的发现，足以促成史学之进步，而史学之进步，最赖史料之增加。"②"新史料之发现与应用，实是史学进步的最要条件。"③"实证"之精神，落实到具体工作中，很大程度上即对材料的处理：搜罗、甄辨与运用。

"追求唐代音乐文艺之真相"是《唐声诗》一书之义，贯穿全书始终的是"求真""求是"精神。其对唐代声诗所依存的文化环境、

---

① 陈寅恪：《金明馆丛稿二编》，生活·读书·新知三联书店，2001，第247页。
② 傅斯年：《史学方法导论》，载欧阳哲生主编《傅斯年全集》第2集，湖南教育出版社，2000，第334页。
③ 傅斯年：《史学方法导论》，载欧阳哲生主编《傅斯年全集》第2集，湖南教育出版社，2000，第335页。

音乐背景，与歌、乐、舞诸种文艺形式之关系的论述，都有坚实的史料支撑。虽然受到当时客观条件的限制，但《唐声诗》所搜罗的资料不但极其浩繁，几乎可作为其专题的文献指引，也经过了细致的对比与甄别。它对材料的搜罗与使用，上继乾嘉学派之严谨，下取新考据派之广采，从唐至今的史书，诗、词、曲、文集，诗话、词话，笔记，类书，新出之敦煌遗书，邻邦韩日之记载、研究，无不广加网罗，类比互证，融合古典文献考据法与西方归纳法、演绎法，以求最大限度逼近历史之真相。

二　《唐声诗》文献考证工作

关于《唐声诗》的研究方法，任先生在《唐声诗总说》中曾有一段自我阐述，曰：

> （《唐声诗》）二编构成之程序大致如下：始据唐诗及唐代民间齐言中确曾歌唱、或有歌唱之可能者约二千首，提出其中所用之曲调名百余名。同时联系有关之记载千余条，排比沟通，在理解上获得许多小结，乃酝酿为"理论"之初稿。据此初步"理论"，重审各曲，一再增删，著录一百五十余调、一百九十余体，是为谱式之稿，曰"格调"。据此"格调"，还审歌辞，合并多方待订之资料，一再增删，著定约千五百首，是为第三种内部自用之资料，曰"声诗集"。进一步更从三稿之间，抉剔矛盾，相互改正，反复修订，终得理论与实际之基本统一而彼此制约、不可或缺之二稿，曰"上、下编"，用以问世。①

---

① 任中敏：《唐声诗总说》，载任中敏著，张之为、戴伟华校理《唐声诗》上编，凤凰出版社，2013，第1~2页。

可见，任先生的研究是一种"材料—理论—材料"式的工作方法，是实证主义的"先搜集材料，再发现规律"，也是马克思主义的"从现象到本质"。材料是理论的基础和基石，通过上文对《唐声诗》文献资料的展示，亦可发现任先生对材料的重视是一以贯之的。考据之学，从狭义的考订古书、考证史事，到广义的目录、版本、校勘、辨伪、辑佚，其本质都是文献研究，归结而言，都是对材料的掌握和处理。

《唐声诗》的文献考据工作有以下几个特点。

第一，考据精审。

（1）校释。

敦煌歌辞是唐代声诗的重要来源，任先生的校勘工作有一特色：多用理校法，且勇于按断，根据敦煌讹字规律、曲调格式、名物制度、行文习惯、通假字音变的时代特点和文中语词的时代特点等，对歌辞进行校对、删改和本事推定。此即《敦煌曲校录·凡例》中所云："此录宗旨，不在保存唐写卷之原有面貌，而在追求作者之原有辞句。……各辞之句读，先求应合曲调，次求保全辞意。"[①]这种校勘方法曾有一些争议，也是由敦煌写卷本身讹字异体多、缺字多、只存孤本等特点造成的。

《唐声诗》论题宏大，涉及面极广，书中所引资料，颇涉前人悬而未决之案，但任先生往往能独树一帜，勇下按断。《唐声诗》下编《格调》收一百五十余调，每调均附"杂考"一目，以推演前说，力决悬疑。如隋炀帝所制之"水调河传"，一般的解读是"水调"为调名（南吕商），"河传"为曲名，即《河传》一曲属水调。任先生则独

---

① 任中敏:《敦煌曲校录·凡例》，载任中敏著，张长彬校理《敦煌曲研究》，凤凰出版社，2013，第1、2页。

辟蹊径，认为"水调河传"乃是指《水调》《河传》两个曲名。他认为《唐会要》中所言"南吕商时号水调"，是指盛唐时事，盛唐时有《水调辞》大曲与《水调子》小曲，仍是曲名。凡此种种，书中俯拾皆是。

（2）汇考。

《唐声诗》在同一论题之下，往往附有完备的相关文献资料汇集，略举例如下。

第四章"歌唱"讨论的主题是"唐人歌诗真象如何"，在此之下，第一节"唐诗歌法未亡"中，任先生先列出了去唐未远的宋代诸家对唐人歌诗之见，如程大昌、王灼、苏轼、胡仔；第二节"现存乐谱概况"中，又详列了敦煌所存乐谱、日本所传唐谱、中央亚细亚所发现之唐谱、朝鲜所传乐舞、明清所传零星唐谱以及闽南南乐字谱。

在同章讨论唐代歌诗声辞结合问题时，广搜博罗，列出唐人之说十八种：和声、泛声、散声、缠声、繁声、引声、送声、解声、犯声、待拍、格转、曳、断、迟、添声、合韵、合杀、新声，并加以剖析、比较；又综合考察宋到现代此论题下诸学者之意见，归纳为七说，按时代先后一一罗列代表人物、主要观点，再逐一比对评点；最后对诸家之误解处作汇集总结，探讨成误之原因，条分缕析，极为精细。

在《唐声诗》中，这种材料汇考俯拾皆是。这是与任先生的工作方法相联系的，如《唐声诗总说》所言，任先生工作的第一步总是先搜集材料，在作《唐戏弄》之前，先编《优语集》；作《敦煌曲初探》之前，先编《敦煌曲校录》。《唐声诗》最关键的前期成果，便是《教坊记笺订》，以及"据唐诗及唐代民间齐言中确曾歌唱或有歌唱之可能者约二千首，提出其中所用之曲调名百余名"。这种对资料的全面占有，正是任先生立论的基石，也是一种扎实学风的表现。

（3）表谱。

表谱是用表格或谱系形式反映复杂事物的工具，中国史学中"表"作为一种史书体裁，成为史学著作体例之一而被确立下来，最初始于司马迁的《史记》。后来，"表谱"成为文史学家的一种重要著述方式。表谱的使用往往代表着大量文献资料的整理和归纳，具有以简驭繁、条理清晰、文约事丰的优点。表谱纵横脉络、井然有序、行文简约，检索也极为敏捷，可以按需索事。

《唐声诗》中可见大量表谱，如第四章"歌唱"讲到"声辞配合"问题的时候，任先生曾举出唐以后诸家之说，中日共三十四家之言，其中涉及专业名词三十种，纷繁互见、多有交叉，任先生遂将诸说统于一表之内，归纳为九种，并详细注明各说与唐人之间的渊源与分歧。①

又如第七章"与长短句辞关系"第八节"诗词同调名之关系"，"王国维谓唐人乐府原为近体诗，其同调之见于《花间》《尊前》者，则多为长短句"，②任先生统计出唐人声诗及其同调名之为长短句者，凡二十七曲，列表对各曲进行调式比较，通过统计、对比，得出彼此关系七点，以证明声诗与长短句"绝非父子两辈"。③

由以上例子可见，任先生的表谱不但具有文献整理和归纳的功能，更能通过表谱的运用，对归纳的数据进行分析推导，如此得出的

---

① 任中敏著，张之为、戴伟华校理《唐声诗》上编，凤凰出版社，2013，第203~206页。

② 任中敏著，张之为、戴伟华校理《唐声诗》上编，凤凰出版社，2013，第266页。

③ 任中敏著，张之为、戴伟华校理《唐声诗》上编，凤凰出版社，2013，第266~270页。

结论，无论与前人之见是否相同，都具备坚实的统计学基础，有很强的说服力。

（4）比证。

王国维"取地下之实物与纸上遗文互相释证""取异族之故书与吾国之旧籍互相补证""取外来之观念与固有之材料互相参证"，实现了对传统考据学的突破，《唐声诗》中也体现了这种方法。

日本雅乐与唐代音乐的关系极为密切，《唐声诗》的一个重要特色是援引日本流传的文献与我国文献互相补证。日本阳明文库所藏唐写本《五弦琵琶谱》，原写谱人石大娘乃唐人，是比较可信的流入日本而未经改变的唐谱。此谱内题"丑年润十一月廿九日"，林谦三《国宝五弦谱及其解读的端绪》订为宝龟四年，即唐大历八年（773），由此可推谱中诸曲之大致时段。《唐声诗》取谱内所记载之《王昭君》《如意娘》《秦王破阵乐》《饮酒乐》《圣明乐》《何满子》《天长久》《惜惜盐》《三台》《平调火凤》《韦乡堂堂》《六胡州》十二曲，与唐代声诗流传之歌辞互相比对；又取日本雅乐中的龙笛、觱篥、凤笙谱之调八十余曲，如《回杯乐》《三台盐》《甘州》《想夫怜》《扶南》《白柱》等与唐代声诗格调相比对；而日本其余传谱《轮台》《甘州乐》等，至今仍传诗体辞；《玉树后庭花》与《最凉州》二曲，唐传其辞，东瀛传其曲，虽然历经变迁，但仍足借鉴，任先生也利用之进行了比证。

第二，以唐证唐。

以唐证唐是任半塘先生治学的一个显著特点，也就是尤其注重使用第一手资料。他最得意的学术成绩，就是根据唐代材料，把宋词与唐曲子分判为二物，把唐戏弄与宋元戏曲分判为两个阶段。

任先生大力高举"唐曲子"之名，反对延续千百年的"唐词"

意识。在这个问题上任先生的一个重要依据是敦煌写卷。敦煌卷子当中"曲子"的称谓比比皆是,任先生悉数罗列敦煌写卷中出现的"曲子",如"《云谣集杂曲子》""曲子《宫怨春》""曲子《送征衣》""曲子一本'六问枕不平'"者凡数十,以示"曲""曲子""杂曲"之称谓是唐五代书手熟悉之制度,敦煌写卷中并无其他歌辞体式名称赶得上"曲子"的数量,可见称"曲子"而非"词",乃是唐代普遍存在的现象,绝非偶然。

《唐声诗》中,为证"唐代声辞结合非一字一声",任先生将前人标举"一字一声"之观点排比罗列,说明其所引资料大多来自宋及其后的朝代,以宋之现象逆推唐之现象,是典型的"唐头宋帽",不足为信;然后罗列唐人之说,以之为据,推演唐代歌唱之实际情形,推翻臆断"唐人歌诗乃一字一声"之论。由此,进一步质疑建立在唐代歌诗声辞配合一字一声基础上,因字少音多、余声难遣,故而变齐言为杂言,即"诗余词变"的理论。

任先生以唐证唐的研究方法,可谓以当代资料治当代史的杰出范例。

第三,定量分析法的引入。

较之于其他相关领域著作,《唐声诗》具有一个尤其突出的特点:引入自然科学的定量分析法,在全面占有文献资料的基础上进行数据统计与分析。它的优越性自不待言,只要数据全面可靠、方法设计科学,其结论的可信度就会极高。

如上文所述,《唐声诗》在论述近体诗与词之关系时,从敦煌曲子辞及《词律》《词谱》中统计出有唐五代传辞,并确信为其时所创的长短句调,共一百三十一调;其中见于《教坊记》者,计七十五调(此盛唐即有者也);将一百三十一调分七类:分别为以三、四、五、

六、七言为骨干者，一至七言杂组者，杂言短语换韵者；从上述见于《教坊记》的七十五调中，统计出有关之调名原为声诗者，凡二十一调；若杂言从近体中来，必定留有体式上的痕迹，因而重点考察上述统计中以五言、七言为骨干者两类；若近体以实字填声得杂言，全调字数必增加，故考察以五言为骨干者一类中字数多于二十者，得十四调，以七言为骨干者一类中字数多于二十八者，得十四调，综合统计，只占全部传辞之 20%；再结合实际情况益以考察，可得此 20% 长短句辞之内，更有 10% 左右非由近体绝句而来。

　　由此推导出的结论是："唐、五代之长短句调，果如宋人沈括、朱熹之说，由声诗变化而来者，只可能有百分之十而已；其余百分之九十皆与声诗无干。故探讨词源，而采取宋人填实和、泛之说者，当认明此说至多仅仅解决得问题十分之一，其尚未能了事。并可确信：凡主张词源在隋与齐言是兄弟，非父子辈者，方接近事实；凡主张'词由诗生'者，必不能通，至于词调与绝诗确有之关系，一在绝句是真正近体诗之绝句，非漫为五、六、七言四句者所得冒充；二在循沈、朱和、泛说为原则，已属填实过分，不能再生主观枝节；三在所指之和声、叠句，须是真正和声、叠句，应有定质定量。"①

　　这是将统计分析的方法应用到词源研究领域的一个精彩示范，摆脱了传统研究多停留于个案分析，以个别代替整体的弊端，可以说是研究方法质的飞跃。

　　第四，考驳并重。

　　《唐声诗》格外注重对争议问题进行积极回应与深入探讨。如上所述，在著述《声诗》二稿的时候，任先生除了搜集大量典籍文献，

---

① 任中敏著，张之为、戴伟华校理《唐声诗》上编，凤凰出版社，2013，第260页。

也网罗了他所能查阅到的所有前代以及同时代学者的有关论著。《唐声诗》在涉及的几乎所有论题之下，都附有历代相关学者论点的详细引述与说明，几乎可视为该论题的小型学术史，《唐声诗》的研究，即在前人成果基础上的继续推进与深化。

任先生个性刚毅，这种性格也反映在他的研究当中。《唐声诗》不囿于陈见，"所破甚多"，对古今中外学人之见，随引随辩。第七章"与长短句之关系"第十节"刘、王史说商榷"，专门拈出刘毓盘《词史》、王易《词曲史》进行讨论。"从南宋朱熹以迄近人萧涤非等，于声诗与长短句间之变化及词之起源，均只信填实泛声成为长短句之一说。……及刘毓盘有《词史》，王易有《词曲史》，于此推波助澜，更多引申。认为声诗与长短句间之变化如此，声诗本身五、六、七言间之变化亦如此，牵强附会，愈趋愈远。二家著述，皆史也，倘事实之真象一日不明，学者于此，难免即倚为'信史'，而笃守其说，毋乃失实太过！是不可以不辨。"① 更或专辟章节，议论前人得失，例如第十二章"平议"，搜录历代学者有关唐声诗的讨论，宋金元七条、明十五条、清三十二条、近代二十六条，逐条讨论辨疑。

不过，虽然提倡"学术研究不搞温柔敦厚"，从不畏惧"唱反调"，任先生在处理悬疑问题时是谨慎的。翻开《唐声诗》，处处可见存疑待定之处，如"某某云如何如何，但未知何据""俟待查""俟考"，并指出"今后应努力处"；又设"待定资料"一章，专门列出条件证据不充分、未能仓促下结论者，初唐八条，盛唐十三条，中唐二十四条，晚唐及其他三十条，以待来者。可见任先生治学之严谨。

---

① 任中敏著，张之为、戴伟华校理《唐声诗》上编，凤凰出版社，2013，第274页。

第三章　声诗理论

第一节　《唐声诗》的理论体系

《唐声诗》是任半塘先生"唐代音乐文艺研究"的代表作,也是20世纪唐诗研究的标志性成果。《唐声诗》的独出之处在于它不把唐诗看作孤立于具体历史环境的文本,而是从"唐代歌舞文艺活动的共生体"这一角度去进行观照,以犀利的学术洞察力,创建出一门"声诗学",以大量翔实的材料,将作为案头文学的唐诗,与歌唱、舞蹈、杂吟、宴饮、礼俗等音乐文艺活动整合,生动、立体地还原、呈现出唐声诗之产生与存在状态。

任先生在《唐声诗总说》中谈到了创建"声诗学"、著述《唐声诗》的意义目的:

> "唐声诗"名称,从未有人提及,所具理论与格调,亦从未有人草创,文学史内对此大都三言两语而已。……全书有一共同目标,乃探明唐人歌诗之真象如何,及与歌诗同时或其前后最为接近之真实环境如何。其意义首在对于文学史或文艺史能起下列两种贯通作用——

（一）汉、魏、六朝之乐府歌辞曾如何联结乐、歌、舞、戏？其续体——唐诗，曾如何继承，以联结乐、歌、舞、戏？

（二）宋词、元曲曾如何联结乐、歌、舞、戏？其先声——唐诗，曾如何创始，以联结乐、歌、舞、戏？

倘于此一中间阶段——唐诗——寄声寄艺之实况不明，对前者六朝，后者宋、元之声伎体用所在，势必有隔阂或误解。质言之：一般文艺家自来即陷在此项隔阂与误解中，特大都茫然不自察耳。一切治学原则，若不能笼括对象之整体，以贯通脉络，纵使分段攻坚，逐部深入，仍不免昧惑源流，潜孳蔽障；从任何通史之要求言，类此乖违尤所不许。质言之：欲求通于我国古典文艺内之歌辞专体者，于唐代声诗之学，终不容不治也。[①]

唐代声诗上接乐府，下启宋词、元曲的贯通联接点，在于乐、歌、舞、戏等音乐、伎艺因素，但又不仅限制于这些因素，还有歌辞的思想内容、文学风格等，亦是文学史和文艺史研求考察的要点所在。《唐声诗》一书分上下二编，上编明理论，下编治格调，上编为体，下编为用。如前文所述，二编构成的程序是：先收集唐五代民间中曾有歌唱或可能歌唱之齐言歌辞约二千首，提取其曲调名，然后联系有关记载千余条，排比沟通，获得理论上之小结，酝酿"理论"之初稿；然后再根据初步之"理论"，重审各曲，增删著录一百五十余调、一百九十余体，以为谱式之稿，是为"格调"。先奠资料基层，再谋理论进展，辅之以沟通互证，以求穷源尽委，折中析疑。

《唐声诗》上编《理论》共十二章。第一章"范围与定义"，历叙

---

① 任中敏：《唐声诗总说》，载任中敏著，张之为、戴伟华校理《唐声诗》上编，凤凰出版社，2013，第1页。

以下几事：为"声诗"张目；叙述声诗与歌诗、乐诗、诵诗、吟诗的联系与区别；声诗与燕乐之联系，以及现存声诗诗调略论；最后申明"声诗"这一概念之明确定义。第二章"构成条件"，列出唐声诗构成与审定的十项基本条件，以为辨别依据；分别对声诗之格调、唐代存辞、音调、和声、叠句、歌舞记载等问题做综论性叙述。第三章"形式"，主要论述唐声诗之形态，如章解、片段、联章、字句、叶韵、平仄等问题，揭示唐声诗形态上的特点。

如果说以上三章是从唐声诗乃"音乐之文学"的角度分析归纳其应音乐要求而形成的结构、格律等形态上的特点，那第四章"歌唱"就是从唐声诗是"文学之歌唱"的角度，揭示声诗歌唱的若干方式，根据唐代大量记载材料，归纳声诗音乐与歌辞配合的种种方法，并提出了一个核心论点：唐声诗声辞配合非一字一声。

从第五章开始，《唐声诗》转向声诗伎艺形态方面的探讨。通过声诗与舞蹈（第五章）、大曲（第六章）、长短句（第七章）、杂歌（第八章）、杂吟（第九章）之间相互关系的体认，从存在生态的角度上，形成对唐声诗的立体化认知与理解。尤其值得注意的是第七章"长短句"，此章在"唐声诗声辞配合非一字一声"的基础上，通过对声诗与长短句关系的详尽剖析，以丰富的材料、缜密的分析，力图辨明唐代歌辞乃齐言与杂言并举，齐言虽对杂言产生过一定影响，但绝非如主流观点所认为的那样，杂言体乃齐言体转化而来。概而言之，齐、杂言二者实乃"兄弟关系"，非"父子关系"。这直接指向词的起源问题，并对延续千年的关于词产生的传统理论做了反拨。

第十章"待定资料"与第十一章"纪事"是资料记录，对限于现有资料，未能得出明确结论的问题，以及相关记载作整理汇编，以待来者。第十二章"平议"，搜罗从宋元金到近代，作者认为有商榷余地的历代学者议论共八十条，一一加以辨析。

全书十二章，以独特的学术视野，全面、系统、细致地阐述了唐声诗的音乐性质、形体特征、伎艺形态、存在生态，独创"声诗"一学，成为卓立于诗词研究史的丰碑。

第二节　正名、限体、合乐：有关"唐声诗"的论争

一　正名——唐词与唐曲子

1. "唐词"与"唐曲子"之争

任半塘先生是开启近代唐声诗研究的第一人，力主还原唐代音乐文艺之真相，其中最令人瞩目的就是"正名"问题：任先生大力倡导"唐曲子"之称，否定流传已久的"唐词"称谓，引发了一场影响巨大的论争。

任先生在《关于唐曲子问题商榷》中曾着重申明："唐人生活中普遍唱诗，声诗属于曲子项下，三四二（年）贯彻到底。试看入晚唐不久的《尊前集》，全书仅二八九首辞，其中竟有齐言一三五首之多（此集内李煜等作乃明人所后补）；《花间》为五代末二十年的选本，五百首内也有一〇八首是齐言，其余就不必说了。而唐人唱齐言这件事，竟为近代人所看不起，认为五、七言绝句的曲调总是声多辞少，立足不稳，有待转移到杂言后，才有生命。……直到一九六五年，范老（范文澜）的《中国通史简编》内，还在大起作用，表面是欣然探得杂言调的可靠来源了，实际是在摧毁唐人的声诗历史而削弱唐曲子固有的领域。"[①]在任先生的理论建构中，"唐曲子"齐言、杂言并举，

---

① 任半塘：《关于唐曲子问题商榷》，《文学遗产》1980 年第 2 期。

两者统合于"歌辞"这一基本属性下。而传统词学对"词"之一体的辨析，其杂言体的文体特征乃最重要依据之一，因此研究焦点必然会向杂言聚拢，任先生认为，这忽视了齐言声诗大量存在的历史事实，等于"摧毁唐人的声诗历史""削弱唐曲子固有的领域"。梳理"唐词"与"唐曲子"的论争，有助于更全面、深入地理解任先生的理论体系与"唐声诗"研究的逻辑起点与内在理路。

就文献所反映的情况看，"唐词"之名称有其历史渊源，宋人已有称"唐词"之例，这是比较明确的。如陈鹄《耆旧续闻》云："盖唐词多艳句，后人好为谑语；唐人词多令曲，后人增为大拍。"①又黄昇辑有《唐宋诸贤绝妙词选》，选李白、白居易、张志和等人之作，书中更屡称"唐词"，如："凡看唐人词曲，当看其命意造语工致处，盖语简而意深，所以为奇作也。"②到了明清，"唐词"已成约定俗成之概念，词论家往往以"词调"来称呼唐曲调名，如王世贞《艺苑卮言·词调之起》曰："《昔昔盐》《阿鹊盐》《阿滥堆》《突厥盐》《疏勒盐》《阿那朋》之类，调名之所由起也。"③或直接就"唐词"发论，如杨慎《词品》卷一称"唐词多无换头"，④邹祗谟《远志斋词衷》云"唐词多有调无题"。⑤如此等等，不胜枚举。可见"唐词"已成当时词学范畴一个通用的专有名词。

---

① （宋）陈鹄：《耆旧续闻》，载王云五主编《丛书集成初编》，中华书局，1985，第8页。

② （宋）黄昇编《唐宋诸贤绝妙词选》，四部丛刊本。

③ （明）王世贞：《艺苑卮言》，载唐圭璋编《词话丛编》第一册，中华书局，1986，第386页。

④ （明）杨慎：《词品》，载唐圭璋编《词话丛编》第一册，中华书局，1986，第435页。

⑤ （清）邹祗谟：《远志斋词衷》，载唐圭璋编《词话丛编》第一册，中华书局，1986，第662页。

正是由于"唐词"观念渊源深厚、根基坚牢，近代以后，学者仍普遍沿用之，略举例如下。

1922 年王国维《唐写本云谣集杂曲子跋》云："《凤归云》二首，句法与用韵各自不同，然大体相似，可见唐人词律之宽。"①

1929 年林大椿辑有《唐五代词》，书题直接称之为"词"。②

1935 年周泳先辑《敦煌词掇》，录二十一首，跋中称"唐词"。③

1935 年郑振铎《世界文库》卷六录《云谣集》，其跋认为《云谣集》乃唐五代词。④

1944 年唐圭璋《敦煌唐词校释》，认为《云谣》三十首与散见各书之二十首，其性质为"唐词"。⑤

1962 年，商务印书馆出版的《敦煌遗书总目索引》，仍以"词"指称其中之歌辞。⑥

至 1992 年，饶宗颐先生发表《"唐词"辨正》一文，认为从晚唐到五代，"词"与"曲子词"二者"均同样被人广泛派上用场"，不必强分畛域。⑦

---

① 王国维：《观堂集林》，中华书局，1959，第 1022 页。
② 林大椿辑《唐五代词》，商务印书馆，1933。
③ 周泳先辑《敦煌词掇》，载周泳先校编《唐宋金元词钩沉》，商务印书馆，1937。
④ 郑振铎《云谣集杂曲子跋》："唐五代词存于今者，于《花间》《尊前》及《二主词》《阳春集》外，寥寥可数。今此本复现人间，可称研究唐五代词者的大幸！抑其中作风尽多沉郁雄起者，不全是靡靡之音。苏辛派的词，我们想不到在唐五代的时候是已经有人在写作了。这个发现，是可以使论词的人打破了不少传统的迷障。"郑振铎主编《世界文库》第六卷《云谣集》，生活书店，1935，第 10 页。
⑤ 唐圭璋：《敦煌唐词校释》，《中国文艺》1944 年第 1 期。
⑥ 商务印书馆编《敦煌遗书总目索引》，商务印书馆，1962。
⑦ 饶宗颐：《"唐词"辨正》，载《敦煌曲续论》，新文丰出版股份有限公司，1996，第 201~218 页。

任先生的观点在《关于唐曲子问题商榷》一文中表述得比较系统，其曰：

> 关于唐曲子问题，我认为应该依据历史肯定唐、五代三四二年间的歌辞乃曲子和大曲二体，否定北宋以来直到目前，有一种脱离历史、漠视文献的"唐词意识"，形成"唐词派"以赵宋词坛的词向上搞"兼并"，改历史，称"唐词"。关于这个问题我希望文学史家参加讨论，通过讨论，得出一定的认识，起三种作用：（一）为重写大文学史工作弄清源流；（二）为重编唐五代民间歌辞总集确定标准；（三）帮助澄清眼前文艺界的各种混乱。因此要简单表明六宗现实存在：（甲）敦煌写本内发现的三十八处标题"曲"或"曲子"的情况；（乙）唐五代文献内所见"词"字，包含"曲子词"在内，都是"辞"字的省体而已，不是指赵宋词业的"词"；（丙）唐人歌诗，是一代的正规文艺，不能歧视。（丁）宋词起源于唐曲子，唐曲子创始于隋燕乐，应分作两事，不能牵连为一。（戊）最早的杂言例证是隋曲《纪辽东》四首，也铁打不动。（己）初盛中唐二〇九年当中所有的杂言歌辞和名目，要有根可系，有家可归。①

倡导"唐曲子"，否认"唐词"，其学理依据须落实于一点，就是历史上唐人对这两个概念的使用与认知。"曲子词"之称，最早见于唐人孙棨《北里志》："其邻有喜羡竹刘驼驼，聪爽能为曲子词。"②

---

① 任半塘：《关于唐曲子问题商榷》，《文学遗产》1980 年第 2 期。
② （唐）孙棨：《北里志》，载《唐五代笔记小说大观》，上海古籍出版社，2000，第 1408 页。

敦煌写卷面世后,"唐曲子"的使用几乎已无争议。关键在于"唐词"的情况。饶宗颐先生《"唐词"辨正》列举唐人称"词"之例,如孙光宪《北梦琐言》论温庭筠云:"其词有《金筌集》,取其香而软也。"《旧唐书》温庭筠本传则曰:"能逐弦吹之音,为侧艳之词。"又《北梦琐言》论和凝:"晋相和凝少时为曲子词。"又记:"唐路侍中岩……于合江亭离筵赠行云等《感恩多》词。"又云:"天复三年,昭宗移都东洛……沿路有《思帝乡》之词。"《本事诗》记:"尝内宴,群臣皆歌《回波罗》,中宗命群臣撰词起舞。"《旧唐书》记:"(昭宗)送御制《杨柳枝》词五首赠之。""令乐工唱御制《菩萨蛮》词。"白居易《醉吟先生传》云:"又命小妓歌《杨柳枝》新词十数章。"复又举出敦煌写本中在曲调名后用"词"字之例子。凡此等等,以说明唐代各时期"词"使用之广泛。①

唐代文献以及敦煌写本中,见用"词"字之处甚多,这是历史事实。关于这一点,任先生在《关于唐曲子问题商榷》一文中申明曰:"所有'词'字,通通是'辞'的同音简笔字而已。有一类用在人事中,说明'辞别''辞退'的;另一类用在大曲歌辞,声诗歌辞的;一类在酒令著词的;一类用在变文吟词的都不能逃出此一原则。"②在《敦煌歌辞总编·凡例》中,任先生表达了同样的意见:"此编希望与《敦煌变文实录》携手并列,成姊妹编,能以完备唐艺;不能与宋词连系,类前后代同体之文艺。采郭茂倩《乐府诗集》途径,沿六朝乐府向下看,不循赵宋词业系统向上套;力破'唐词'意识,稳立隋唐五代'曲子'联章及'大曲'之规制。编内凡称'歌辞''曲辞',皆

---

① 饶宗颐:《"唐词"辨正》,载《敦煌曲续论》,新文丰出版股份有限公司,1996,第201~218页。

② 任半塘:《关于唐曲子问题商榷》,《文学遗产》1980年第2期。

用'辞'字，不用其简体字'词'。"①

任先生认为，虽然"词曲"二字联名，唐代已有之，但其含义与元明至今人们所称呼的"词曲"内涵有很大区别。唐人对于"词"的观念，实际指的是歌辞，是唐人文艺的属项，并不等于宋人的词业："这里的'曲子'不但名目和'词'不同，连性质上二者也迥别；曲子含义的主导部分是音乐性、艺术性、民间性、历史性，都较词所有为强；若改为'唐词'，只仅表示一端，词章性较曲子为强而已，远远赶不上'曲子'的内在条件丰富，——吻合历史——这是敢于建议为'唐曲子'定案的最坚强的依据！"②

"唐曲子"与"唐词"之争的实质在于对唐代所存在的这批"歌辞"与宋代"词"之间关系的体认不同。"唐词"派的意见是将唐代的"曲子"与宋代的"词"看成同一事物的不同发展阶段，从名称上对之进行统一，在理路上自然顺理成章。而任先生屡次申明"唐曲子""不指赵宋词业的'词'"，是将两者判定为两种不同性质的事物。任先生自己的表述是"曲子含义的主导部分是音乐性、艺术性、民间性、历史性，都较词所有为强"。这可以理解为：其一，在观照角度上，"唐曲子"的立足点是"唐代音乐文艺"之一种。在音乐层面，它与大曲、联章曲等紧密联系，如《唐声诗》第六章"大曲"就曾描述过大曲与曲子之间的转换关系，展示出唐代音乐系统内部的建构与相互转化；在文辞层面，无论齐言、杂言，本质属性是"歌辞"，其文体与风格特点之形成，受到音乐的牵制和影响。而"词"偏重文本方面，"只仅表示一端，词章性较曲子为强

---

① 任中敏：《敦煌歌辞总编·凡例》，载任中敏编著，何剑平、张长彬校理《敦煌歌辞总编》，凤凰出版社，2014，第1页。

② 任半塘：《关于唐曲子问题商榷》，《文学遗产》1980年第2期。

而已"。其二,从来源角度看,"曲子"源于民间,与文人词非同一性质。"设若否认'曲子'为唐代歌辞的正名,而强代以'词',势必拜温庭筠为唐杂言歌辞的开山老祖;在这一条件下,初、盛、中唐共计二〇九年之久,此中所有无数杂言歌调及其作品,将置于何地呢?——成为一个无法安排的大问题!'唐词派'……因此还陷于'只要《花间》,不要民间'的大嫌疑中,可能因为要推温庭筠当唐代'杂言歌辞之父',同时便再难言'唐代民间文艺是唐代文艺之母'了。"①其三,从历史角度,唐人惯习称"曲子","词"为"辞"之同音简笔,"唐曲子"符合历史真实。概而言之,仅以宋词为研究向度,不能完整地涵容唐代音乐文艺系统中复杂的现象与问题,而在"唐曲子"这一概念下,则能够实现研究视野、对象、系统的多向拓展,故而它的涵容力比"唐词"强。这就是任先生所说的"这是敢于建议为'唐曲子'定案的最坚强的依据",也是他将"唐曲子"从传统"词"研究中脱离出来,纳入"唐代音乐文艺"研究框架之内的根本原因。

不过任先生学术观念也有其形成过程。在 1956 年写就的《唐代音乐"文艺研究"发凡》中,任先生曾列出唐代音乐文艺研究的整体计划,其中包括"唐词三稿":《唐词说》《唐词格调》《全隋唐五代词》;同样,在《唐声诗·弁言》中,任先生也写道:"一九五八年,戊申处暑,初稿定于成都;一九八一年元旦,复阅于扬州,其中误称'唐词',未称'唐曲子'处尚未尽改。"②从中可以看出任先生学术思想的发展过程。

---

① 任半塘:《关于唐曲子问题商榷》,《文学遗产》1980 年第 2 期。

② 任中敏:《唐声诗·弁言》,载任中敏著,张之为、戴伟华校理《唐声诗》上编,凤凰出版社,2013,第 7 页。

客观而言，"词"的形成是一个漫长且复杂的过程，在这个过程中这一主体曾拥有不同的指称，直到宋以来，才逐渐确定了"词"这一称谓。这些不同的称谓反映出的问题，是在漫长的形成过程中，"词"作为一种文学艺术形式，其内涵具有复杂性与流变性。"小词""曲子词""曲子"这些不同的名称，反映出人们对这种还未定型的文学样式的某个方面特点的体认。任半塘先生为"唐曲子"正名，反对"唐词"称谓，不能认为任先生没有看到"词"作为一种文学样式的名称已经存在近千年，客观上已经约定俗成地成为一种成熟的文学体裁的正式称谓，有其固定的内涵。客观上说，"唐曲子"之定义并未偏离研究对象的本质，从某个角度讲，提倡"唐曲子"之名，真正的意义在于强调看问题的角度，强调的是"曲子"作为一种音乐的文艺的身份，强调的是"曲子"与唐代音乐文艺活动整体之间的联系与互动。

2. 从《〈全宋词〉批注》看任半塘先生的诗词之辨意识及其本质

关于"唐词"的定名之争、"唐曲子"的正名问题，还牵涉到诗、词两种文学体裁概念的定义和辨别。为一种文学体裁定名，并对其定义、本质、内涵做出严格限定，不仅是为了回答学科基本理论问题，也牵涉到对与之相关问题的进一步解答。在词学领域，如果不能对"词"或者"曲子"（齐言、杂言）做出清晰的界定，就不能准确限定研究的对象与范围；不能解决"词"的定义和本质，就失去了解答"词源问题"的具体操作依据与前提。这是一个问题的两个方面。在词总集编撰工作中，首先面对的疑难就是诗词之辨，对此问题的处理，能够集中反映学者的学术立场与研究路径，值得关注。

1965年，唐圭璋先生增修完成的《全宋词》由中华书局出版。

其《凡例》曰:"是编严诗词之辨,凡五七言绝及古诗绝不阑入。"① 在这部《全宋词》面世之初,任先生便购来细读,并进行详尽批注。后来此书转入唐先生之手,唐先生又于其上写下答注。现此书为王小盾先生所存,王先生曾有《任中敏先生的〈全宋词〉批注》文②,其中收录了任先生的部分批注,并加以评述。任、唐两位先生的批注就"诗词之辨"这一问题做出了具体而细致的讨论,正可以作为一个窗口,一斑窥豹,展现以他们为代表的两种研究理路。③

据任、唐二先生往来批注,《全宋词》对诗词的辨别,主要涉及以下几个因素:

一是体式:

任批:"《凡例》曰'五七言绝不阑入',但《小秦王》《八拍蛮》《楼心月》等皆已阑入。"

任批:"五七言绝不收,六言绝又收之,何说?无说万万不可。洪迈《万首唐人绝句》明明收有六言绝句四十余首,无从否认。"

任批:"古诗既不阑入,何以又收盼盼《惜花容》、张继先《度情霄》七言八句古风六首?"

二是被时人收入诗集还是词集:

---

① 唐圭璋:《全宋词·凡例》,载唐圭璋编纂,王仲文参订,孔凡礼补辑《全宋词》,中华书局,1999,第1页。

② 王小盾:《任中敏先生的〈全宋词〉批注》,《扬州大学学报》(人文社会科学版)1997年第1期。

③ 下文相关资料皆据任中敏《〈全宋词〉批注》。

任批："寇准《江南春》在诗集算诗，不算词；蒲寿宬《欸乃词》在诗集便算词；漫无标准。"

4页寇准存目词原有按语："《江南春》'波渺渺'，《花草粹编》卷一引《温公诗话》。乃诗而非词，见《忠愍公诗集》卷上，今附录于后。"任批："在诗集，而已收入者甚多。如苏轼《阳关》三首、苏辙《调笑》、许棐《三台春》等，均在诗集。"

355页苏辙《调啸词》二首原注出处："以上二首《栾城集》卷十三。"任批："《栾城集》非词集，乃诗集。"

937页吕本中《流溪沙》原有案语云："案此首谢逸《溪堂词》误收。'暖日'二句，亦见《东莱先生诗集》卷一，可证必系吕作。"任引"亦见"云云批道："证明《流溪沙》是诗调。"

三是艺术风格：

2486页张端义《失调名》，仅存"怨春红艳冷"一句，原注："《贵耳集》所载不云是诗或词，依其风格乃词，故收于此。"任批："诗词难辨。不略载《贵耳集》原文，读者无法辨别。""风格难尽凭。"

从这些批注看，《全宋词》在判别诗词时，考虑的主要有文本体式、被时人收入诗集还是词集、艺术风格这几项因素，但在具体操作时，只能综合权衡，没有一个能够统辖全书的准则。究其原因，是这几项标准本身就互有抵牾，"林逋存目词"就比较集中地反映了这一问题：

8页林逋存目词原有按语："《瑞鹧鸪》'众芳摇落独鲜妍'，

《梅苑》卷八。原为七律，后人唱作《瑞鹧鸪》，附录于后。"任批："如此能入存目，《竹枝》《杨柳枝》，亦'后人唱作'，何以不收？""后人究指何时人？不明。""既是七律，分片又出何人手？若出《梅苑》，便是词，非诗。"

"林逋存目词"条集中反映了诗词之辨的困境：从诗体出发，"众芳摇落独鲜妍"是七律；从是否唱入词乐出发，它曾唱入《瑞鹧鸪》，当判断为词；从收录看，它被黄大舆《梅苑》所收，显然宋人亦目之为词。这种困境说明，以体式为依据，以归属为依据，或以是否唱入词乐为依据，这几个标准之间存在着难以调和的矛盾，不能有效地解决诗词之辨的问题。

任先生提出的解决方法是弱化诗词之别，"不严诗词之界"，转而强调其共性——同是"歌辞"：

205 页王安石《甘露歌》，原注："又案曹元忠据王安石本集云：'此集句诗，曾慥、黄大舆辈误为词。'考曾、黄二人去王安石时代未远，必有所据。龙舒本亦以为词，今从之。"任批："足见宋人有歌辞观点，不严诗词之界。"

594 页张耒存目词《鸡叫子》"平池碧玉秋波莹"，出《词品》卷一，原注："乃张耒'对莲花戏晁应之'古诗中四句，见《张右史文集》卷十二，附录于后。"任批："若作歌辞看，不妨。"

659 页苏庠存目词中有《清江曲》《后清江曲》各一首，原注"乃古体诗，非词，录附于后"。任批："先平后仄，两首一律，可能是歌辞。《清江曲》有历史。"

任先生在《唐声诗》中明确地表述了"歌辞总体"的观念："两宋接近唐、五代，文化启承繁密，诗、词虽因乐分，而总体关系难割。……（《全宋词》）全集之中，不但诗、词、曲三体同见，仍然丛脞不纯，其虽取唐代诗调以为准则者，亦或明或昧，自相刺谬，显然便是问题。倘于诗、词、曲三体之个性外，不忘其尚有公性在——同是歌辞，同为声、容而用，不当相排……《全宋词》所失，在诗、词、曲三体之间；刘大杰《中国文学发展史》'词的兴起'章内所失，则在乐府、诗、词三体之间，亦正因缺乏'歌辞'总体观念故。"[1]

任先生的观点是：诗与词的分界，不在于是不是常见的诗体，不在于是否收入诗集中，也不为诗或词的风格所左右，关键在于是否与词乐相配合演唱，是否被宋人承认为词。他强调"歌辞观点"，是词还是非词，本质是歌辞还是非歌辞。因此，判断"是否为词"这个问题的重点，便转变成了判断"是否为歌辞"。这种观念将词看作与音乐紧密联系的一种文体，与当时具体而立体的音乐活动相连，因此，探寻与之相关的词调，还有歌唱、舞蹈、戏剧活动的记载，就凸显出了重要性。任批云：

> 与当时乐舞不联系，大病！当时乐中吹《杨柳枝》(77页)，而全删《杨柳枝》词。
>
> 完全主"文"，如《张协状元》戏文内不少宋词，何以未收？《凡例》未提。
>
> 通病——套曲后紧接散词，眉目不清 (1167、1209页)。

---

[1] 任中敏：《唐声诗·弁言》，载任中敏著，张之为、戴伟华校理《唐声诗》上编，凤凰出版社，2013，第3页。

任先生《全宋词》批注所展现的一个最重要的学术思路，即"主艺不主文"，把词当作歌辞之一体，结合其表演来加以研究：音乐的体裁和伎艺的表演形式，最终会反映到辞章的文体样式上，影响其辞体；音乐的功能，如用于娱乐、娱神或其他，会影响到文辞的内容，进一步会影响文辞的风格。这也是贯穿着任先生整个唐代音乐文艺研究的最重要的学术思路。

在《敦煌曲初探》中，任先生曾提出唐艺研究的数蔽，其中便有："齐杂之蔽——认为五七言绝句乃诗，而非词，必长短句始为词。其实所谓'词'者，重在其为乐曲之歌辞而已。""声文之蔽——此蔽由前蔽而来，蔽在不知有声，而只知有文也。歌辞之谓'词'，宋时始普遍，以往不然。只此'词'之一字，若单独运用，已有主文而不主声之倾向矣！""奇正之蔽——真伪乃事物之本质，所当辨明；奇正乃人我之主观，不妨捐弃。若历史可以推翻，主观不可动摇，又蔽之甚矣。"[①] 其本质便是"歌辞观念"与"主艺不主文"。

归根到底，"唐词"与"唐曲子"之争，反映的是两种学术视野、研究路径之间的争鸣。路径取向的不同导致研究走向的差异，"唐词"概念反映了从文本出发的方法取向，这一类型的研究倾向于从结构、声韵、句法、字法、音节等方面探索词的艺术特点。比如唐圭璋先生分析温庭筠《南歌子》"倭堕低梳髻"：

> 此首写相思，纯用拙重之笔。起两句：写貌。"终日"句，写情。"为君"句，承上"相思"，透进一层，低回欲绝。[②]

---

① 任中敏著，张长彬校理《敦煌曲初探》，载《敦煌曲研究》，凤凰出版社，2013，第318-319页。
② 唐圭璋：《唐宋词简释》，上海古籍出版社，1981，第7页。

牛希济《生查子》"春山烟欲收"：

> 此首写别情。上片别时景，下片别时情。起写烟收星小，是
> 黎明景色。"残月"两句，写晓景尤真切。残月映脸，别泪晶莹，
> 并当时人之愁情，都已写出。换头，记别时言语，悱恻温厚。着
> 末，揭出别后难忘之情，以处处芳草之绿，而联想人罗裙之绿，
> 设想似痴，而情则极挚。①

其思路明显是从组织结构入手去分析词的思想内容与艺术技巧。
而另一类型主张"唐曲子"的研究则注意从艺术形态去探寻文本形式
生成的原因。同样是《南歌子》与《生查子》两调，任半塘先生的分
析是：

> （《南歌子》）始为五言四句声诗。既属南音，当非胡乐。敦
> 煌卷子内有本调之舞谱，其为舞曲可知。
> 此下六十五调，皆以"子"名（如《师子》等当除外），显
> 为小曲。在曲名之形式上，固与以上者有别，即在曲调本质方面
> 当亦有别。②

> 《生查子》为盛唐曲名，见《教坊记》。今日传辞以韩偓之
> 作最早。韩辞虽叶仄韵，通体仍是五言八句近体之平仄。第五句
> 并未叶韵，故仍是浑然一片，只有章解，不分片段。明刻《尊前

---

① 唐圭璋：《唐宋词简释》，上海古籍出版社，1981，第22页。
② （唐）崔令钦撰，任中敏笺订，喻意志、吴安宇校理《教坊记笺订》，凤凰出
版社，2013，第128页。

集》载刘侍读一首，其人已入五代之后期，第五句亦叶韵，全首始成两截之形式。然而在唐、五代范围内，此乃单辞孤式，尚无他作可证，亦无从断定其确因声乐分片所致。[①]

其论述处处体现出从音乐体裁、伎艺表演形式去追寻辞章文体样式之生成原理的思路。两者的着眼点、研究理路完全不同。这两种类型的研究很难说有什么优劣之分，两者在研究视野、策略、方法上所呈现出来的差异，归根到底是他们所面向的问题不同而造成的。

在一定的历史时段内，从本质上讲，"唐词"与"唐曲子"指向的都是同一种文学形式，不同名称的选择和界定，可以理解为对同一事物不同特征的强调。这种对事物"特征"的强调，不但提供了崭新的研究视野，也有助于凸显出事物区别于其他事物的独特性。批评"唐词"名称的主文、不知声，标举"主艺"，强调"唐曲子"的"歌辞"属性，归结到最后，都是站在"音乐的文学"这个角度看问题所得出的必然结论。

3. 从学科现代化的角度看正名

"正名"，从另一个角度看，则是对学科术语的概念进行规范的尝试。王小盾先生《隋唐五代燕乐杂言歌辞研究》与《唐声诗》乃姊妹篇，同属"隋唐五代燕乐歌辞研究"系列。此书曾在"绪论"部分将研究涉及的主要概念做了专门介绍和厘清，可以帮助理解它们的逻辑架构：

（1）音乐文学的总体概念：歌辞；

（2）音乐种类的基本概念：雅乐、燕乐、清乐、胡乐、俗乐；

---

① 任中敏著，张之为、戴伟华校理《唐声诗》上编，凤凰出版社，2013，第106页。

（3）音乐体裁的基本概念：曲子、谣歌、琴歌、大曲；

（4）几种特殊的音乐体裁概念：讲唱、著辞。

从逻辑平面看，上述基本概念的相互关系如下：①

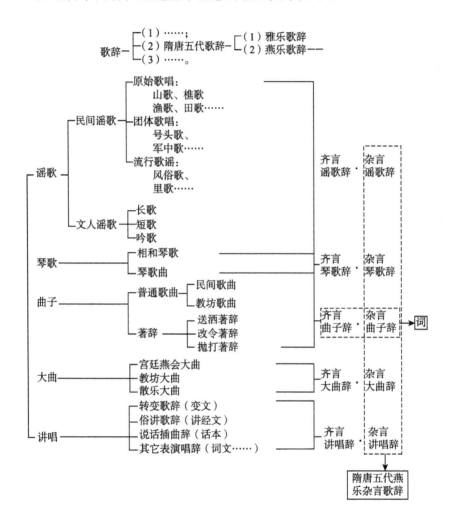

王小盾先生曾道："概念是一种关系网的结点，它总是反映了对

---

①　王昆吾：《隋唐五代燕乐杂言歌辞研究》，中华书局，1996，第 7 页。

事物的规律性的认识;而过去词史研究中的混乱现象,正是从概念的混乱开始的。合理的概念一般具有两重属性:既同事物的逻辑内容相符合,又同事物的历史内容相符合。例如'曲子',如果定义恰当,它便既能反映曲子、大曲、谣歌等音乐体裁的相互关系,又能反映清乐、燕乐等音乐史阶段的相互关系。概念的两重性还表现为:合理的概念,既要具备充足的概括能力,又要尊重历史上的约定俗成。'曲子'也就是这样一个曾被唐代人使用、具有明确而广阔的外延的概念。"①

术语作为表达或限定专业概念的约定性符号,应该具有专业性、科学性、单义性和系统性。术语是科学文化的产物,科学文化越发达,术语越丰富,术语的制定和规范化的问题也就越不容忽视。标准化是科学化的前提,也是学科成熟的标志。王小盾先生《在文学研究的边缘》也感叹道:"文学研究事实上是一个发展缓慢的学科。本世纪以来,许多学科都由于技术的推动而完成了从'古典形式'到'现代形式'的转变——例如在使用地层分析、器物分类和各种年代测定技术之后,'金石学'变成了成熟的考古学;在引入音标、语言调查、谱系分类等技术之后,'小学'变成了现代语言学;在完善了对现象事物加以描述和概括的数学手段(例如表示音高的音分概念、记录乐音运动的现代乐谱、描述乐音区域和音阶关系的宫调模型,以及运用数理逻辑方法来研究乐音之间关系的律学)以后,现代的音乐学也得以确立。这种情况,在文学研究领域并没有发生。尽管人们不断倡导文学研究或文学史研究的'转型',但占主流地位的转型学说都与上述现代化倾向相反,只强调文学作为精神或心理的存

---

① 王昆吾:《隋唐五代燕乐杂言歌辞研究》,中华书局,1996,第3页。

在，具有明显的把历史科学哲学化和艺术化的倾向。"① "正名"是对学科专业术语进行标准化的行为，从这个角度看，也是对文学学科现代化进程的有力推动。

二　限体——齐言歌辞与杂言歌辞

1. 齐言与杂言——形体的对立

《唐声诗·弁言》言："（歌辞）总体观念之起，首在分体之间有纠纷时。声诗一体，过去未立。唐代别集、选集、总集及今之文学史内所表现者，尚多晦昧，总体观念乃油然而兴，特例确然。"② 这说明了任先生"歌辞总体观念"的缘起。

在"声诗定义"一节中，任先生将"唐声诗"定义为：

> "唐声诗"，指唐代结合声乐、舞蹈之齐言歌辞——五、六、七言之近体诗，及其少数之变体；在雅乐、雅舞之歌辞以外，在长短句歌辞以外，在大曲歌辞以外，不相混淆。③

复详细阐述曰：

> 首曰：声诗断在唐代也。于我国历代歌辞中立此一体，乃专为唐代而设；犹之曰"宋词""元曲"，含有断代意义。唐代实指

---

① 王小盾：《在文学研究的边缘》，《古典文学知识》1997 年第 3 期。
② 任中敏：《唐声诗·弁言》，载任中敏著，张之为、戴伟华校理《唐声诗》上编，凤凰出版社，2013，第 3 页。
③ 任中敏著，张之为、戴伟华校理《唐声诗》上编，凤凰出版社，2013，第 40 页。

唐及五代，起初唐，迄南唐，其中王朝世系固相衔，民间文物、风尚之关系尤密切，不随封建政权为起落。……

次曰：声诗断在雅乐、雅舞之歌辞以外也。所谓雅乐、雅舞，本纯粹封建文艺，向与广大社会无关；其辞之内容，无非滥颂滥祷，奉行故事而已，并无真正生命，历代皆然，唐亦无异。唐代俗乐与文艺，倚民间为基础，继承前代精华，同时又吸取外方特点，均有新创造与真正生命在，而雅乐、雅舞及其歌辞，实不与焉。……

三曰：声诗之辞，断以近体诗为主也。声诗之构成，除声乐外，一半当在歌辞——诗。唐诗体格繁赜，其中合乐与不合乐之情况究如何乎？曰：信如王灼所言：举凡四、五、七言古诗，古乐府（流行民间之古乐府除外），新题乐府及杂言诗（如李白集中所谓"三、五、七言诗"）等，实际皆已无声，剩余有声者，惟五、六、七言之近体诗耳。……

四曰：声诗必须为直接协乐合舞之歌辞也。前者论"近体诗"，乃定辞体；此处论协乐合舞，乃定辞性。上列定义内所谓"齐言歌辞"之"歌辞"二字，有其必然之意义，绝非泛称。①

上述为任先生认定的"唐声诗"定义。曾有学者对"声诗"概念提出质疑，如余恕诚先生据《全唐文》《全唐诗》《新唐书》《旧唐书》《旧五代史》统计，归纳唐人"声诗"之三种用例，曰："一是指民间闾里传唱的诗歌或歌谣"；"二是指碑文中用诗体写的铭辞，这些铭辞在举行相关仪式时诵唱"；"三是指朝廷音乐机构配乐演唱或

---

① 任中敏著，张之为、戴伟华校理《唐声诗》上编，凤凰出版社，2013，第40~47页。

编录的诗"。^①还有李定广先生《"声诗"概念与李清照〈词论〉"乐府声诗并著"之解读》，文章详细对比任先生"唐声诗"概念与唐人"声诗"观念，指出唐宋人认为凡乐章皆可称"声诗"，无所谓雅俗，无所谓是否齐言近体，且唐声诗有不少曾为大曲歌辞。^②两者的结论相似，都认为"唐声诗"概念与唐人实际认同的"声诗"观念不一致。

　　香港学者黄坤尧先生《唐声诗歌词考》也涉及了这一问题："凡配合乐曲歌唱的诗，一律可称为声诗。但现在所论仅限于词乐范围以内，包含了大曲和曲子，其调名未必与诗意有关。歌词方面，原则上是以近体诗为主，齐言，但容许少量有限度的变体如摊破或增减字句出现。不过，在唐五代歌词的发展过程中，声诗的乐曲虽受新兴词调的旋律节拍等支配，但歌词方面则以近体诗的平仄韵律影响较大，两者的关系貌合神离，绝不密切。所以自词体风行以后，声情较见和谐统一，声诗也就日渐退出历史舞台了。此其所以仅属于词体之滥觞而非所以为词体之处，当有其独特的时代意义。"^③黄坤尧先生所认定的"唐声诗"，是词乐范围内一切可歌之诗，纳入少数有限度之变体如摊破、增减字句之情形。黄先生检视《乐府诗集》中"近代曲辞"、林大椿《唐五代词》、王重民《敦煌曲子词集》等诗词总集，并将《全唐诗》与唐宋人诗文笔记相关资料进行比对，考证出唐声诗大曲歌辞八调十套共六十八首，杂曲声诗歌辞一百三十二调共六百七十一首，

---

①　余恕诚：《李清照〈词论〉中的"乐府""声诗"诠解》，《文学遗产》2008 年第 3 期。

②　李定广：《"声诗"概念与李清照〈词论〉"乐府声诗并著"之解读》，《文学遗产》2011 年第 1 期。

③　黄坤尧：《唐声诗歌词考》，《香港中文大学中国文化研究所学报》1982 年第 13 卷。

并据任先生一百五十四调进行探索，补充若干与声诗句度相近的杂言调子。任、黄两位学者对"唐声诗"定义的区别与争议在于部分摊破、增减字句的杂言歌辞，以及大曲歌辞是否属于声诗范畴。

对"唐声诗"定义的限定，关涉到任先生提出的"唐代歌辞总体"之观念及其内部架构：唐代歌辞系统中包含的子概念、这些子概念的互相区分，以及它们在整个系统中的相互逻辑关系。在"唐代歌辞总体"之下，包括雅乐歌辞、燕乐歌辞两大类，在燕乐歌辞下，包括曲子辞、大曲辞、讲唱辞、琴歌辞、谣歌辞，各类分别含有齐言、杂言二体。

如上所引，任先生对"唐声诗"采取的是严格化的定义：在音乐性质层面，将雅乐、雅舞辞排除，限制在燕乐歌辞内。《唐声诗》第一章"范围与定义"阐述云："声诗者，由唐代所创之新辞体——近体诗，结合其所订之新音乐——燕乐，相互构成，价值自殊，当不能容旷古陈规之雅乐、雅舞及其歌辞，羼杂其间，区而别之，并不为过，不犯'歌辞总体'之义。"[1]又曰："就原则言：雅乐歌辞虽亦为有声之诗，但属三、四、五、六言之古体诗，燕乐歌辞之声诗，则五、六、七言之近体诗。'唐声诗'一词，基本指唐代五、六、七言之近体诗而结合燕乐之乐、歌、舞诸艺者，实际已排除同时之雅乐歌辞于其涵义以外。故曰：声诗所托，端在燕乐。"[2]可以看出，排除雅乐歌辞的原因，最关键的还是在于诗体：雅乐歌辞属于古体，而燕乐结合的是近体诗。

---

[1] 任中敏著，张之为、戴伟华校理《唐声诗》上编，凤凰出版社，2013，第41页。

[2] 任中敏著，张之为、戴伟华校理《唐声诗》上编，凤凰出版社，2013，第26页。

"断以近体诗为主"是争议的焦点之一，任先生曾详论之曰：

　　唐人之四言古诗在声诗之外，无论矣；但四言中亦有俗歌。如武则天时之《曳鼎歌》……惟其乐虽不"雅"，而其辞仍托古体，并非近体诗，故不录。惟五代杂言词调内可能有通体四言者，如毛文锡《赞成功》七句……说明五代之燕乐歌辞内，可能尚有四言之近体诗格，通体皆作四言。倘遇其辞，当打破原限之五、六、七言，而加入四言一体，甚得其所。……

　　唐人之七言古诗在声诗之外无论矣；……上文定义中，除以五、六、七言近体诗为主外，曾及少数之变体。百五十四调所收，变体、拗格皆有，固未尝悉以近体为限。……

　　唐人所作之宫词皆七绝，且元稹《连昌宫词》曾"播于乐府"，已有明例，宜其皆属声诗矣，曰：不尽然。宫词之作旨在铺张事物，非为表现声、容，元稹之特例，尚难概括全面，视同原则。……

　　五代五、六、七言律之合乐者，宜其皆在声诗之内矣，曰：亦不尽然。如后汉刘知远宗庙乐辞内《显仁舞》用五言排律，《章庆舞》用六言排律，《观德舞》用七言排律等，其声并非俗乐，至多为不纯粹之雅乐耳。在此种雅乐中唱律诗，乃一时变态而已，并非燕乐之真正发展。……

　　五代词调之为齐言体者，宜其皆属声诗之范围内矣。曰：尚有一例外在，欧阳炯之《三字令》是。……或曰：《三字令》叶平韵，非拗格，多对仗，应是近体诗；本编既重"歌辞总体"观念，若拒三言体于声诗之外，理论将不贯彻。曰：所谓近体诗者，在叶韵与平仄外，尚有句法之要求。其在句内者，如五言必上二下三,七言必上四下三等等。在句外者,每二句一组,每组一韵,乃近体之常。欧阳炯《三字令》……分明是长短句调《定西蕃》《酒泉子》之三言句格,非汉《安世房中歌》所有之三言句格也。故《三字令》虽通体齐言,终非近体诗,宜留在唐、五代曲子范围内,以申"歌辞总体"之义,比较的当。

　　综上五类以观,凡似非而是者,常得人注意网罗,不患有失;凡似是而非者,明辨究竟不易,往往习非成是,斯宜慎。①

　　上文所陈,与排除雅乐歌辞一点互相发明。归纳而言,燕乐歌辞内,近体可容变格拗体之存在;雅乐歌辞中,即使存在近体,亦排除在外。这实际已经说明,燕乐、雅乐两种音乐类型的歌辞当中,并不存在古体、近体的严格区分,两者的划分是一种人为限定。

　　实质上,任先生划定"唐声诗"的最核心标准在于"齐言"一点。正如其所申:"今并开、天之前后通计之,以今日尚具唐、五代之传辞为限,在当时又确合声乐且有较充实之文献可征者求之,初步犹可得一百五十四调。……百五十调之惟一标准,乃其辞为齐言。……声诗之辞必属齐言,在与长短句词对立之中,此点乃一不可动摇之标准。"②

　　2. 研究对象的选择与界定

　　从方法论上说,开始研究工作的时候,首要的是研究对象的选择和界定。唐声诗定义中争议较大的"近体齐言",可以理解为一种研

---

① 任中敏著,张之为、戴伟华校理《唐声诗》上编,凤凰出版社,2013,第43~44页。

② 任中敏著,张之为、戴伟华校理《唐声诗》上编,凤凰出版社,2013,第37、39页。

究策略。任先生的研究对象"隋唐五代燕乐歌辞"是一个整体系统，而且最关键的是"唐声诗"研究指向一个目标：辨词源。虽然词体在中晚唐之后逐渐成熟定型，但"词"作为一种独立文体类型的观念，直到五代都未正式确立，草创时期的词必然在各个方面都具有不明确性和流动性，这种模糊也给研究对象的界定带来了困难。

任先生对唐声诗定义的严格化，从方法论上讲，与自然科学中"控制变量"的方法有异曲同工之妙。《唐声诗》有一个核心论点："齐言、杂言二体，同时并举，无所后先，各倚其声，不相主从。"[1]"杂言与齐言两种歌辞，实为弟兄关系。除极小部分外，都难言父子关系。"[2]指向的明确是与长短句之关系，也就是词的起源问题。在长短句如何兴起这一问题上，历代词源论家有一种"歌诗多病""词借诗兴"的论点，认为长短句调由声诗直接转变而成，认为杂言兴起，其自身并无结合杂言的词乐独立存在，因当时的乐调与所歌之五、七绝不协，方以填实和声、泛声等种种方法补救之，遂催生长短句。这正是《唐声诗》欲大力破除的观念之一。

为了证明"长短句杂言不由近体齐言转化而来"，需要将二者放在并立的位置上进行比对，因此，在圈定研究对象时，确立"近体齐言"这个限定条件，近似一种对研究对象的自觉"提纯"，通过对研究对象的有效限制，突出了探寻与明确事物间是否存在某种联系的努力。这鲜明表现在《唐声诗》第七章"与长短句辞关系"中，通过定

---

[1]　任中敏：《唐声诗总说》，载任中敏著，张之为、戴伟华校理《唐声诗》上编，凤凰出版社，2013，第2页。

[2]　任中敏著，张之为、戴伟华校理《唐声诗》上编，凤凰出版社，2013，第247页。

量的分析和客观的数据统计，力图证明"词源在隋与齐言是兄弟，非父子辈"。[①] 这与《唐声诗》的另外一个核心论点：唐代燕乐歌辞非一字一声、一句一拍，相辅相成，互为表里，共同构成了"声诗"理论体系的核心。

从这个角度，亦可以理解"唐声诗"定义排除大曲歌辞的原因。《唐声诗》中有"与大曲关系"一章，论及"有关大曲之声诗"时，曰"原则上大曲与声诗必分家，但不排除二者之间关系密切"[②]，并整理了"一百五十四调之声诗中直接与大曲有关者"，得二十九曲。此章之内，更以专节详论"声诗"与"大曲辞"之"密切关系"，指出大曲有"借用声诗之辞"之现象。文中借古乐府发论，指汉代宫廷重声不重辞，存在截取拼凑诗篇入唱之现象。然后用创于玄宗时的《水调歌》《凉州歌》《大和》《伊州歌》《陆州歌》为例，分析其传辞来源，谓其多直接借用当时诗人成作入篇，不烦另制，并推测："若就唐诗专集、选集、总集细查，盛唐五大曲之三十八遍，可能一一均有来历。"[③] 又曰："凡大曲所用之诗，当时或已有声，而与曲中之声恰相符合；或原未有声，结合大曲某遍之声，融洽无间，然后乃成此'集诗为曲'之体制。"[④] 这就存在一些悖论和问题：既然存在"大曲借用声诗之辞"的现象，正说明了大曲歌辞中包括声诗；而"原未有声"

[①] 任中敏著，张之为、戴伟华校理《唐声诗》上编，凤凰出版社，2013，第260页。

[②] 任中敏著，张之为、戴伟华校理《唐声诗》上编，凤凰出版社，2013，第237页。

[③] 任中敏著，张之为、戴伟华校理《唐声诗》上编，凤凰出版社，2013，第240页。

[④] 任中敏著，张之为、戴伟华校理《唐声诗》上编，凤凰出版社，2013，第241页。

的诗，转变成大曲歌辞后，已很难说与"声诗"有实质区别，因为大曲与曲子是可以转化的。之所以将大曲歌辞排除在"唐声诗"之外，与限定"齐言"，体现出同一问题指向与方法路径：通过限制范围，凸显出事物与其比较对象之间的关系。具体地说，"大曲"与"曲子"是"燕乐"下的两个次级概念，而"齐言""杂言"则是两种并立的歌辞形态："大曲"与"曲子"是平行概念，"齐言"对标的是"杂言"。排除大曲歌辞，即将研究范围收窄至"曲子"歌辞之内，可以进一步在曲子辞内部对齐言体与杂言体展开对比研究。归根到底，这种概念设定与研究策略，仍以词源问题为旨归。

三 合乐——先诗后声与因声度辞

1. 两种合乐方式的并立

对"声诗"与"词"的本质体认，在于它们都是配合隋唐燕乐曲子演唱的歌辞，在任先生建构的理论系统中，两者表现为齐言与杂言两种体式的并立。在"探索词体起源"之问题指向下，研究必然会朝着考察杂言曲子辞之句式形成机制这一方向推进，因此，歌辞与音乐结合的方式，便作为一个关键因素被凸显了出来。

合乐方式是《唐声诗》关注的焦点问题之一，其归纳唐代乐曲与歌辞配合方式为三种：一曰由声定辞，二曰由辞定声，三曰选辞配乐。[1] 由声定辞之例，如张说之《舞马辞》、李白之《清平调》等，此种类型虽基调为近体诗，而变化仍多，如以平起、以仄起、民歌拗格、诗人拗格、和声辞、叠句、其他附加辞种种。由辞定声，是辞发

---

[1] 任中敏著，张之为、戴伟华校理《唐声诗》上编，凤凰出版社，2013，第126、127页。

于特殊人物之手,文字不可移易。^①

对第三种"选辞配乐"的揭示和关注,乃是任先生所命独得之处,其云:"盛唐宫廷所集之中外乐曲,总在千至二千数之间;民间所有而宫廷未备者,尚不知凡几。有史以来,堪云空前!此际外乐之输入正值高潮,开展甚速,不可遏抑。于是纯粹中外乐曲外,或中外杂揉,或外乐之间又相互交错(如扶南乐用天竺乐器等),其变繁,其量益广。用以结合当时各种近体诗篇及长短词句,以求其逐一符靡贴切,无所遗憾,当非难事。其中适合于齐言歌辞之一部分数量必亦充沛,纵一面于原辞不加增损,一面于原曲不事剪裁,仍可触处逢源,取用不竭;结果数百不同之曲度,乃得各系以适合之歌辞。虽因本事与始辞之内容,早已各标调名,于开、天盛世已灿然而备,蔚为大观,若其事之终始,实皆以声为本位也。其声曲之尤脍炙者,或工伎之奏弄歌啭尤擅长者,乃有某一曲(如《啰唝曲》)或某数曲(如《谪仙怨》《竹枝》《杨柳枝》《浪淘沙》《浣溪沙》等)特别流行,超诸一般之上。工伎不能词章者多,辞难一一新撰,同时又慕名家之篇,歌之足增身价(如唐妓以能诵白居易《长恨歌》自重,见首章),乃恣意选择(如云韶乐工之采李贺诗,教坊乐工之采李益诗等,详十一章'纪事'),入其所擅长之声曲,其事亦仍以声为主。"^②这段话着重说明了唐声诗存在大量选辞配乐现象,是由于曲辞创作的主体是文人,而音乐表演的主体是乐人,在两者不能密切接触、互相配合的情况下,就会造成表演需求与创作的错位。此外,在"选辞配乐"的

---

① 任中敏著,张之为、戴伟华校理《唐声诗》上编,凤凰出版社,2013,第127页。
② 任中敏著,张之为、戴伟华校理《唐声诗》上编,凤凰出版社,2013,第128页。

合乐方式中，"皆以声为本位""仍以声为主"，任先生认为，在这种结合方式下，"一面于原辞不加增损，一面于原曲不事剪裁，仍可触处逢源，取用不竭；结果数百不同之曲度，乃得各系以适合之歌辞"。

与之相关的是唐声诗歌辞文本与调名本义的离合现象。唐声诗多不以诗题为名，而以曲调为名为常态。后世词论家也注意到这一现象，陈廷焯《白雨斋词话》即曰："古人词大率无题者多。唐五代人，多以调为词。"[①]以曲调为名，可以分两种情况来讨论，一是咏调名本义，或至少可以看出两者在思想内容上之联系，二是脱离原题，自抒己意，这种情况在乐府诗发展过程中亦存在，初期制作往往内容与曲调名称吻合，后起之作渐渐离原题之意，越趋越远。[②]在唐声诗中，不咏调名本义的作品数量大大超过咏调名本义者，任先生甚至提出将"不咏调名本义"作为判断声诗的标准之一。造成这种情况的一个重要原因，是在乐人主导的"选辞配乐"下，选择的首要原则是歌辞与乐曲声吻相合，因而必然会产生大量的曲调本意与唱辞内容脱节的现象。唐声诗中大量存在的以曲调为名，又不咏调名本义的现象，显示了曲调与歌辞相互分离的客观状况。乐工所选取入乐的诗歌，在创作之初乃是"诗"，尚未具备"歌辞"的属性。因此，从歌辞写作的角度看，它是"先诗后声"的模式。由此看，歌辞与音乐结合的方式，实际上仍可以归纳为"先诗后声"与"因声度辞"两种类型。

2. 划分"声诗"与"词"的另一角度

王小盾先生对唐代燕乐歌辞的合乐问题也有精到论述："在唐代，

---

① （清）陈廷焯：《白雨斋词话》，载唐圭璋编《词话丛编》第四册，中华书局，1986，第3937页。

② 王运熙：《略谈乐府诗的曲名本事与思想内容的关系》，载《乐府诗述论》，上海古籍出版社，2006，第364页。

采诗入唱之辞往往配合曲子音乐,因此,很多唐声诗也属于广义的曲子辞。李清照说:'乐府、声诗并著,最盛于唐。'这里说的就是唐代曲子的兴盛,以及唐代曲子辞兼包'乐府'与'声诗'的情况。但'声诗'和'曲子辞'毕竟有本质上的区别。它们所代表的先诗后声之法与因声度词之法的并立,反映了文人歌辞与乐工歌辞的并立。从这一角度看,尽管'声诗'多为齐言近体,'杂言'多为因声而作之辞,但二者并不构成对立关系;也就是说,不能把齐言歌曲都当成'声诗'。……为什么说声诗和曲子的对立或并立,反映了文人歌辞与乐工歌辞的对立或并立呢?因为声诗以诗为本体,不同于曲子之以曲度为本体。也就是说,'声诗'概念意味着,诗和声在本初状态中是互相脱离的。这种情况是由文人知诗而不知声的习惯造成的。"[1]

在这段话中,王先生所指的"曲子辞"有广义与狭义之分,广义上的"曲子辞",是包含齐言、杂言两种形态的燕乐歌辞之整体;而狭义上的"曲子辞",是指以"因声度词"方式创作的、以杂言为主的燕乐歌辞,与"声诗"是平行概念。这实际就是传统词学视域中的"词"。可以见出,王先生体认"声诗"和"曲子辞"(词)之本质差异的角度已经产生转换,他是从合乐方式,而非文体形态的层面去理解两者之区别的——"先诗后声之法与因声度词之法的并立"。更进一步,王先生认为这两种合乐方式还反映了乐工歌辞与文人歌辞的并立,并且将乐工辞与文人辞理解为词发展中的不同阶段。[2]

唐五代词总集的编辑无疑也要面对限定"词界"、确定收录范围

---

[1] 王小盾:《〈宋代声诗研究〉序》,载杨晓霭《宋代声诗研究》,中华书局,2008,第5页。

[2] 王小盾:《〈宋代声诗研究〉序》,载杨晓霭《宋代声诗研究》,中华书局,2008,第3页。

的问题。张璋、黄畲先生所编的《全唐五代词》（上海古籍出版社，1986）与曾昭岷、曹济平、王兆鹏、刘尊明先生所编的《全唐五代词》（中华书局，1999）是比较通行的两个本子。张璋、黄畲先生采取的方式是：对历代词集、敦煌曲、各专集、诗话、词话、词谱、词律、词史、笔记等进行搜集，当中界限不分明者，"主要依照词律、词谱、词话、词史、《填词名解》《词名集解》及《敦煌曲校录》等书所载词调辑录，其无词体根据，或乐府诗无发展为词之迹象者，一般不收"①。

曾昭岷先生本《全唐五代词》对此进行了更为详尽的阐述，其云："如果我们从词最先乃是作为配合隋唐燕乐曲调的歌唱而创作的一种歌辞这一本质特征方面来考察，词又与'声诗'等其它燕乐歌辞形式处于同一时代与同一系列；如果我们改从词的形体特征方面来考察，词的一部分齐言体形式与近体诗在外观上相同或相近；词的长短句的主体形式又与古体诗、杂言诗在外观上相同或相近。可见，要考察和描述词是如何从它所孕育其中的那个大文化系统的'母体'中诞生、又是如何割断与其它文学艺术形式的亲缘近邻关系而独立成体的，恐怕任何简单的、片面的、机械的方法都不可能奏效。"②其说甚中肯。

在界定"词"的本质特征与主要内涵时，曾先生《全唐五代词》重点论述了合乐方式，曰："唐宋词与音乐曲调的配合主要是以'依调填词'或'因声度词'的方式表现出来的，这里的'调'或'声'是指音乐的曲调或谱式，而且是先有曲调曲谱后填词，由乐以定

---

① 张璋、黄畲编《全唐五代词》，上海古籍出版社，1986，凡例第3、4页。

② 曾昭岷、曹济平、王兆鹏、刘尊明编《全唐五代词》，中华书局，1999，前言第9页。

词。"[1] "早期的词乃是一种配合新兴音乐曲调（隋唐燕乐曲调）的歌唱、并以稳定的辞乐配合方式（依调填词方式）创作出来的新型的歌辞文学品种。"[2]明确将因声度词作为词成立的主要条件之一。更重要的是，将合乐方式视为声诗与词的一个本质区别："唐人以燕乐歌唱的歌辞，既有'依曲拍为句'、因调制词之词作，也有选诗入乐的'声诗'。有些'声诗'被赋予了词调名，又没有创作、歌唱本事可考，属诗属词，也不易辨别。明清以来的有关词谱、词律、词话、词选等词籍，由于编撰者的体认不同，出发点各异，辑录了不少'声诗'入其中，而使诗词混杂。长期以来，少有辨别者。"[3] "'隋唐燕乐系统'和'依调填词方式'，则是我们探讨'词源'和判别'词体'的两个关键因素和必要条件，没有前者，我们将超越隋唐的历史时空而到有生民以来的任何一个时代去寻觅词的起源；没有后者，我们又将混淆同属于唐五代这个音乐史阶段与燕乐系统的'词'与'声诗'等其它音乐文学品种的界限。我们的基本观点是：词乃由隋唐音乐文化的新变所催生，为隋唐燕乐曲调流行的新产物，是诗歌与音乐在隋唐时代以新水准和新方式再度结合的宁馨儿。"[4]其意见是将"依调填词""因声度词"作为判断词体成立的关健依据，并将之作为其与"声诗"的最本质区别，也就是从合乐方式的角度去明诗词之辨。

---

[1] 曾昭岷、曹济平、王兆鹏、刘尊明编《全唐五代词》，中华书局，1999，前言第6页。

[2] 曾昭岷、曹济平、王兆鹏、刘尊明编《全唐五代词》，中华书局，1999，前言第11~12页。

[3] 曾昭岷、曹济平、王兆鹏、刘尊明编《全唐五代词》，中华书局，1999，前言第21页。

[4] 曾昭岷、曹济平、王兆鹏、刘尊明编《全唐五代词》，中华书局，1999，前言第12页。

3.歌辞的文体形态与合乐方式

综合各家意见，虽然研究视角、问题指向、理论建构、学术路径上各有异同，但其注意力基本都集中于文体形态与合乐方式这两点上，由之展开"声诗"与"词"限体与分判的探索。这里涉及一些问题：第一，在同一曲调下，能否同时容纳齐言与杂言歌辞？这涉及杂言、齐言是否各有其调，在音乐层面是否存在对立，更牵扯到两者在合乐方式上是否存在对立。第二，杂言入乐还是齐言入乐、先诗后声或是因声度辞，是否受到其他非音乐因素的制约与影响？

首先是歌辞体式的问题。同一曲调能否同时填入齐言与杂言体歌辞？关于这个问题，《唐声诗·弁言》开宗明义，曰："兹敢向词家、史家贡一历史性之简说曰：六朝乐府、声诗、杂言歌曲诸体，有一公性，即同为歌辞，彼此之历史关系则甚密切，无从割断或兼并。乐府内早已齐、杂言并举，而各有其声（《诗经》早已如此），文学史内从来不闻有杂言乐府原无声，乃就齐言乐府增字填虚而得声之说。何欤？唐代歌辞追踪乐府之后，相隔仅数十年而已。虽所属燕乐内容已较丰富，若对于历史启承之轨辙仍未尝稍越，仍一面以'声诗'继承乐府齐言之声、辞，另一面又以'长短句词'继承乐府杂言之声、辞，所谓'专体直接继承'者是，源源本本，明明白白。此种推想，可从本书二编内或从各家之文学史内看到无数事例，为之证实，并不虚幻。唐代乐曲之外来者，或受外来之影响者，亦各按其声、节，而分纳齐、杂言二体之辞，结果仍然'齐言有诗乐，杂言有杂言乐'。"① 齐言歌辞与杂言歌辞各有其乐，是《唐声诗》的核心论点，也是其反驳"词借诗兴"、和泛等声填实论的逻辑起点。

---

① 任中敏：《唐声诗·弁言》，载任中敏著，张之为、戴伟华校理《唐声诗》上编，凤凰出版社，2013，第5-6页。

梳理隋唐五代歌辞,可以发现一个现象:隋至中唐时期,齐言、杂言歌辞调名相同的现象尚较为常见,到晚唐、五代,这种现象虽仍有所见,但显著减少。这显示出齐言、杂言辞音乐曲调存在一个逐渐分流的趋势。《唐声诗》上编第七章"与长短句关系"第八节"诗词同调名之关系"曾列举"唐人声诗及其同调名之为长短句者"二十七曲:《何满子》《乌夜啼》《拜新月》《三台》《突厥三台》《南歌子》《甘州》《甘州歌》《甘州乐》《玉树后庭花》《抛球乐》《柘枝》《离别难》《生查子》《采桑子》《怨回纥》《渔父词》《渔父引》《苏摩遮》《一斛珠》《婆罗门》《浪淘沙》《凤归云》《竹枝》《杨柳枝》《浣溪沙》《鹊踏枝》,并试图考察同调异体辞之成因,以反驳"词由诗生"之说。[①]当然,由于音乐中异调同名、同调异名的广泛存在,不能仅以调名一致,就武断地认为其音乐曲调相同,不过,有一些例子尚有深入探讨的空间。

中唐张志和《渔父》"西塞山边白鹭飞"一组五首是词史中的名篇,也是早期文人杂言歌辞的代表作,其后有张松龄、释德诚、和凝、李珣、欧阳炯、李煜相继创作。

张志和辞的句式是七七三三七体,这也是此调的主流体式,上述诸人所作的歌辞均以此体为主。但是,《渔父》还存在七言四句的齐言体歌辞,是释德诚《拨棹歌》其二、三十八、三十九三首:

> 千尺丝纶直下垂。一波才动万波随。夜静水寒鱼不食,满船空载月明归。(第二首)
>
> 二十年来江上游。水清鱼见不吞钩。钓竿斫尽重栽竹,不计

---

① 任中敏著,张之为、戴伟华校理《唐声诗》上编,凤凰出版社,2013,第267、268页。

工程得便休。（第三十八首）

　　三十余年坐钓台。钓头往往得黄能。锦鳞不遇虚劳力，收取丝纶归去来。（第三十九首）①

　　释德诚又名船子和尚，约与张志和同时，撰有《拨棹歌》三十九首。《拨棹歌》是《渔父》的同调异名曲②，在释德诚所作的三十九首歌辞中，除第二、三十八、三十九首外，均为七七三三七体，与张志和辞体式一致。从三首齐言辞的分布位置，以及各首歌辞的内容表意，可以判断《拨棹歌》三十九首是一个整体。③释德诚《机缘集》有吕益柔跋，云："云间船子和尚法嗣药山，飘然一舟，泛于华亭吴江洙泾之间，夹山一见悟道。常为《拨棹歌》，其播传人口者才一二首。益柔于先子遗编中得三十九首，属词寄意，脱然迥出尘网之外，篇篇可观，决非庸常学道辈所能乱真者。"④又黄庭坚《书船子和尚歌后》云："船子和尚歌《渔父》，语意清新，道人家风，处处出现。"⑤从"船子和尚歌《渔父》""常为《拨棹歌》"的表述，结合船子和尚"飘然一舟，泛于华亭吴江洙泾之间"的经历，以及《渔父》一调源于南方民歌的音乐背景，不难推测释德诚之歌《渔父》乃是借用时调以唱道，其创作方式是典型的依调填辞。任先生曾比较唐同调名下之

---

① 曾昭岷、曹济平、王兆鹏、刘尊明编《全唐五代词》上册，中华书局，1999，第38、48、49页。
② 《渔父》《渔歌》《渔父词》《渔父歌》《拨棹歌》为同调异名曲。
③ 张之为：《唐五代"渔父"系统歌辞调名辨析——兼论早期文人杂言曲子辞的文本建构》，《中山大学学报》（社会科学版）2019年第1期。
④ （宋）吕益柔：《机缘集跋》，载曾昭岷、曹济平、王兆鹏、刘尊明编《全唐五代词》上册，中华书局，1999，第50~51页。
⑤ （宋）黄庭坚著，郑永晓整理《黄庭坚全集辑校编年》中册，江西人民出版社，2008，第1148页。

齐、杂言歌辞，曰："声诗之同调名在唐代即另有长短句调者……其中之长短句调确为唐辞者，不过韦应物之《调笑》、温庭筠之《渔父》及张志和之《渔父》三调而已。"[①]或因同调异名之故，遗漏了释德成《拨棹歌》这个例子。释德诚《拨棹歌》（即《渔父》）是有独特价值的，其辞出于一手，曲调可确认为一调，以依调填辞之法创作。可以确定，《拨棹歌》调中，既能够容纳七七三三七杂言体，也可以唱入七言四句齐言体。

对于同一曲调能否同时容纳齐言、杂言两种体式歌辞的问题，还有一种研究路径是从曲谱与传辞两方面同时入手，探索辞乐结合的规律。葛晓音、户仓英美先生《从古乐谱看乐调和曲辞的关系》一文进行了比较深入的探索。文章提出了"半逗律"的概念，即辞乐配合时曲拍必须与歌辞句子中的"小顿"（五言诗为 2-3 节奏，七言诗为 4-3 节奏）相应，并以这一规律为基础，考察唐乐谱与传辞配合的关系，探讨齐言能否通过和、泛、衬声变成杂言。文章将齐言、杂言辞的关系划分为三种情况："（一）与齐言体制相近的词调，有的可能与齐言曲辞有关，多数则由原来曲调决定。（二）将原为齐言的曲调填实多余的谱字变成杂言，必须加减节奏，改变曲调原有结构。（三）在保持原调曲拍与半逗律对应关系的前提下，齐言和杂言曲调中增减文字或填实衬字可以变成另一体，但受曲调旋律节奏的限制。"[②]依照半逗律进行辞乐组合的尝试后，结论是："从曲拍和半逗的对应规律来看，少部分与齐言体制相似的杂言可能和齐言曲辞有相同的乐曲渊

---

① 任中敏著，张之为、戴伟华校理《唐声诗》上编，凤凰出版社，2013，第268 页。

② 葛晓音、〔日〕户仓英美：《从古乐谱看乐调和曲辞的关系》，《中国社会科学》1999 年第 1 期。

源；从理论上分析，如果半逗和曲拍对应关系不变，也可能在原曲调不改变结构和节奏的情况下把齐言变成杂言。但从遗存的资料来看，实际上这些杂言曲辞多从产生时就各有本调，所以很难说都是从配齐言的曲调中转变过来的。而对大部分曲辞来说，不但齐言和杂言各有曲调，齐言不能通过填实多余谱字变成杂言，就是杂言中的相当一部分也不能在同一曲中仅通过增减文字而变成另一体。其体式的改变与旋律结构和节奏的变化是密切相关的。"①此文直接从现存的曲调、歌辞结合的角度去探讨齐言、杂言转换的可能，得出的结论与《唐声诗》所推断的"齐言杂言各依其乐"并不相悖，可说从另一个角度证实了任先生推论的正确性。但是，通过辞曲结合的试验，亦说明了某些曲调确实可以在不改变旋律节奏、结构的情况下，同时填入齐言与杂言歌辞。比如七言句与两个三三言句之间，就可以完成这种转换，而三三七言的组合模式，在唐代歌辞当中是比较常见的。亦即是说，齐言体与杂言体在音乐层面并不存在绝对对立，也不受合乐方式的绝对限制。

第二个问题是杂言入乐还是齐言入乐、先诗后声或是因声度辞，是否受到其他非音乐因素的制约与影响。

元稹《乐府古题序》同时涉及了歌辞的文体形式与合乐方式两大问题，是音乐文学史中极其关键的一篇文献，其曰：

> 《诗》讫于周，《离骚》讫于楚，是后，诗之流为二十四名：赋、颂、铭、赞、文、诔、箴、诗、行、咏、吟、题、怨、叹、章、篇、操、引、谣、讴、歌、曲、词、调，皆诗人六义之余。

---

① 葛晓音、〔日〕户仓英美：《从古乐谱看乐调和曲辞的关系》，《中国社会科学》1999 年第 1 期。

而作者之旨，由操而下八名，皆起于郊祭、军宾、吉凶、苦乐之际。在音声者，因声以度词，审调以节唱。句度短长之数，声韵平上之差，莫不由之准度。而又别其在琴瑟者为操、引，采民氓者为讴、谣，备曲度者，总得谓之歌、曲、词、调，斯皆由乐以定词，非选调以配乐也。由诗而下九名，皆属事而作，虽题号不同，而悉谓之为诗可也。后之审乐者，往往采取其词，度为歌曲，盖选词以配乐，非由乐以定词也。而纂撰者，由诗而下十七名，尽编为《乐录》。乐府等题，除《铙吹》《横吹》《郊祀》《清商》等词在《乐志》者，其余《木兰》《仲卿》《四愁》《七哀》之辈，亦未必尽播于管弦明矣。后之文人，达乐者少，不复如是配别，但遇兴纪题，往往兼以句读短长，为歌诗之异。①

《乐府古题序》的要旨在于以下数点：其一，两种合乐方式的并立：诗、行、咏、吟、题、怨、叹、章、篇九名，是"采取其词，度为歌曲，盖选词以配乐"，即先诗后声；操、引、谣、讴、歌、曲、词、调，则是"因声以度词，审调以节唱""由乐以定词，非选调以配乐"。其二，"因声以度词，审调以节唱"是一种古老的传统，"句度短长之数，声韵平上之差，莫不由之准度"，是歌辞不同文体形态产生的根源。其三，区别"歌""诗"的最核心要素，不是文体样式，而是合乐方式。其四，诗、行、咏、吟、题、怨、叹、章、篇九名，"皆属事而作"。

《乐府古题序》的写作有两个背景，一是白居易倡导新乐府，二是中唐时期文人以依调填辞方式写作歌辞的兴起。结合此背景，不难

---

① （唐）元稹撰，冀勤点校《元稹集》，中华书局，1982，第254~255页。

把握元稹标举上述几点的深意。首先，从敦煌歌辞与各种传世文献看，杂言体歌辞大量存在，面对这一现象，元稹从古代音乐的传统当中寻求其根源，并特地指明"在琴瑟者为操、引，采民氓者为讴、谣"，意谓杂言体在古代文人、民间两个系统中均有古老渊源，这实际上是在对杂言歌辞展开历史溯源。结合中唐时期的复古主义思潮，很容易理解这乃是在为杂言体辞存在的"正当性"寻找立足点与文化依据。其次，强调"诗""歌"之别在于合乐方式，因声度辞者为"歌"，先诗后声者为"诗"。这是试图标举和强化"文本"在辞乐关系中的主导地位，也就是"诗主乐从"。关于这一点，王小盾先生有精到论述，他指出，这是上古"诗言志，歌永言"传统的延续。[1] 先诗后声，还是先声后诗，并不仅是一个技术问题，它关涉到乐府的古老文化传统，关系到诗歌与音乐的伦理关系。再者，"诗"有明确的政教功能：源于古乐府的"属事而作"。

仔细品味，可以发现元稹的《乐府古题序》存在某些微妙之处：强调"诗"的主导性，从合乐方式的角度加以阐述，已明其意，文章的主旨也正在于此，为何论述中又掺入论述杂言体辞传统渊源的问题？而且在元稹论述的逻辑架构下，当时以"依调填辞"方式写作的、体式各异的"歌"，正处于其要标举的"诗"的对立面。

结合当时白居易倡导新乐府的背景，方可理解元稹作《乐府古题序》的用意所在：白居易的《新乐府》，在合乐方式上，依从的是汉乐府的传统，乃先诗后声；在文体形式上，是一种杂言体诗；在文化渊源上，虽然是文人制作，但有很强的民间意味；在文学功能上，强调讽喻兴寄，要"属事而作"。可以说，《乐府古题序》几乎是为新乐

---

[1]　王小盾:《论汉文化的"诗言志，歌永言"传统》,《文学评论》2009 年第 2 期。

府量身定做的檄文。反过来看，也恰可以说明在当时主流观念当中，对"歌""诗"之间差异的判断，确实存在一些复杂交错的问题与模糊之处，因此元稹才需要专门撰文，进行论述、申辩，以鲜明地表示立场、阐述理论。

实际上，《乐府古题序》的理论建构和阐述模式，已经确立了从体式与合乐两个角度对"歌""诗"进行区分的研究路径，直到当代，词学研究基本上仍没有突破这一框架。但是，直到北宋，元稹的理论事实上仍未能完全获得认同。《乐府诗集》当中有《近代曲辞》四卷，其序曰："《荀子》曰'久则论略，近则论详'，言世近而易知也。两汉声诗著于史者，唯《郊祀》《安世》之歌而已。班固以巡狩福应之事，不序郊庙，故余皆弗论。由是汉之杂曲，所见者少，而相和、铙歌，或至不可晓解。非无传也，久故也。魏、晋已后，讫于梁、陈，虽略可考，犹不若隋、唐之为详。非独传者加多也，近故也。近代曲者，亦杂曲也，以其出于隋、唐之世，故曰近代曲也。"①《近代曲辞》所收乃是隋唐之世的曲辞，这一点学界是基本认同的。但是，如果从文体形态与合乐方式两方面去考察，会发现《近代曲辞》收录的曲辞并没有遵循这种"诗""词"分界。从句式上看，其辞齐言、杂言俱存，其中大部分是齐言辞，但也有相当数量的杂言辞，如《纪辽东》《石州》《回纥》《拜新月》《达摩支》《潇湘神》《忆江南》《宫中调笑》《转应词》，还有《十二月辞》中的《六月》和《闰月》。从合乐方式看，既有选辞配乐，也有因声度辞。选辞配乐之例，如《盖罗缝》选自王昌龄《出塞》，《昆仑子》截取王维《从岐王过杨氏别业应教》，《拔禊曲》选自李益《上洛桥》，《思归乐》截取王维《送友人

---

① （宋）郭茂倩编《乐府诗集》，中华书局，1979，第1107页。

南归》,《戎浑》截取王维《观猎》,《婆罗门》采自李益《夜上受降城闻笛》,《长命女》截取岑参《宿关西客舍寄严许二山人》,《簇拍相府莲》采自王维《息夫人》,《昔昔盐》截取王维《奉和圣制幸玉真公主山庄因题石壁十韵之作应制》。五套大曲之辞,同样是选诗入乐。① 而因声度辞之例,最明确的就是刘禹锡的《忆江南》。虽然《乐府诗集》仅以调名为题,但此作在刘禹锡集中题为"和乐天春词依《忆江南》曲拍为句"②,一向被公认是依调填辞之作。

王小盾先生曾论述"诗言志,歌永言"思潮在宋代的复兴,并指出这一思潮有逐步增强的趋势,北宋时期主要属于雅乐理论,到绍兴十九年,王灼编成《碧鸡漫志》,其曰:"永言即诗也,非于诗外求歌也。今先定音节,乃制词从之,倒置甚矣。……今人于古乐府,特指为诗之流,而以词就音,始名乐府,非古也。"以此为标志,进入词曲学而成为俗乐理论。③ 这正解释了《乐府诗集》选辞标准芜杂的原因,它是以广义的"乐府"概念去涵盖从汉代到隋唐之歌辞系统的。

从现象上看,唐代歌辞当中确实存在齐言与杂言,先诗后声与因声度辞的并立,但在观念层面,将之视为歌辞内部分类的标准,并且获得广泛认可,成为一种"公共知识",就经历了一个比较长的历史过程。这使得"诗词之辨"的问题更趋复杂,从何种角度去确定"声

---

① 袁绣柏《〈近代曲辞〉研究》对《乐府诗集·近代曲辞》中选诗入乐的曲辞进行了细致梳理,上述举例参之。袁绣柏:《〈近代曲辞〉研究》,首都师范大学博士学位论文,2005。

② (唐)刘禹锡著,陶敏、陶红雨校注《刘禹锡全集编年校注》上册,岳麓书社,2003,第694页。

③ 王小盾:《论汉文化的"诗言志,歌永言"传统》,《文学评论》2009年第2期。

诗"与"词"的分判,不仅需要考虑诗词的漫长历史积淀与复杂发展情况,也和学者本身的学术视野、问题指向、理论框架、研究路径密切相关。在文学史维度下,它处于创作实践与文学观念的交叉点中,在学术史维度下,它又是历史现象与学术理念的双重折射。这样的复杂性也赋予了研究更强的丰容度与伸展性,无论是从文学史或者学术史的角度,这个问题都仍有继续深入的空间。

第四章 《何满子》考

——兼及文人"依调填辞"之曲体规范

    任先生的唐代音乐文艺研究计划分为敦煌文学研究、唐代戏剧研究、唐代燕乐歌辞研究三个单元，互相之间勾连相贯，共同组成完整的唐艺学系统。《唐声诗》从研究架构上讲，属于唐代燕乐歌辞研究，但它所指向的词的起源问题，不但旁涉敦煌文学研究，其核心论点"唐代声辞结合非一字一声、一句一拍"，更与敦煌文艺研究中一个备受瞩目的热点——二十五首敦煌曲谱的配辞问题息息相关。本章通过对《乐府杂录》一则佚文中所记载的教坊妓胡二姊于李灵曜宴会歌《何满子》一事的考辨，以及对《何满子》一调歌、舞、辞的相关考察，试图辨明：第一，玄宗时期宫廷已拥有一大批高度规范化的演奏曲目，虽然《教坊记》中记载的曲目与中唐以后公私宴集、歌舞娱乐中所用的曲目重合颇多，但这些宫廷音乐的曲式规范并不直接等同于文人依调填辞的曲式规范；第二，以具体案例指实曲调在流传过程中产生的变异，是同名异调产生的原因之一，也是同调异体辞产生的原因之一；第三，这种隐性的同名异调现象，对敦煌曲谱的解读与配辞工作存在启发。

第一节 胡二姊于李灵曜宴歌《何满子》考辨

一 《乐府杂录》补佚一则

《何满子》(一作《河满子》)乃盛唐教坊曲,相传为宫廷艺人何满子所创,流传甚广。宋王灼《碧鸡漫志》录曰:

> 《乐府杂录》云:"灵武刺史李灵曜置酒,坐客姓骆,唱《何满子》,皆称妙绝。白秀才者曰:'家有声妓,歌此曲音调不同。'召至令歌,发声清越,殆非常音。骆遽问曰:'莫是宫中胡二子否?'妓熟视曰:'君岂梨园骆供奉邪?'相对泣下。皆明皇时人也。"①

今本《乐府杂录》不见此段。
又宋晁载之《续谈助》引《琵琶录》曰:

> 有举子白秀才,寓止京师,宫娃内弟子出在民间,白即纳一妓焉。跨驴之洛,风清月白,是丽人忽唱新声,白惊,遂不复唱。逾年游灵武,季灵耀(当作"李灵曜"②)尚书广场设筵,白预坐末。广张妓乐,至《河满子》,四坐倾听,俱称绝妙。唯白秀才无言,近座诘之,曰:"某有一妓人,声调殊异于此。"廉问知之,促召至,则澹服薄妆,态度闲雅,发问曰:"适唱者何

---

① (宋)王灼著,岳珍校正《碧鸡漫志校正》,巴蜀书社,2000,第 103~104 页。
② 参见《碧鸡漫志》《绀珠集》《类说》引文,"季灵耀"当作"李灵曜",见附录《群书所见〈乐府杂录〉引文十二条辑考》。

曲?"曰:"《河满子》。"遂品调举袂发声,清响激越,诸乐辈不能过之。疑有一面,琵琶声高下拢抑撚揭,罨节拍无差。遂问曰:"莫是宫中胡二姊否?"胡复问曰:"莫是梨园骆供奉无?"二人相对歔欷泣下。[①]

据考,《琵琶录》一书为《乐府杂录》"琵琶"一节的节选单行,其所记载的胡二姊于李灵曜宴会歌《何满子》,乃原书脱简。详见附录《群书所见〈乐府杂录〉引文十二条辑考》。

《乐府杂录》段安节自序云:"洎从离乱,礼寺隳颓,簨虡既移,警鼓莫辨。梨园弟子,半已奔亡;乐府歌章,咸皆丧坠。安节以幼少即好音律,故得粗晓宫商。亦以闻见数多,稍能记忆。尝见《教坊记》,亦未周详。以耳目所接,编成《乐府杂录》一卷。自念浅拙,聊且直书,以俟博闻之者补兹漏焉。"[②]此书乃是段安节以"耳目所接"撰成,所记之事应颇可信,胡二姊于李灵曜宴歌《何满子》一事,亦足资参考。

二　地点辨疑

《碧鸡漫志》所引《乐府杂录》与《续谈助》所引《琵琶录》记胡二姊歌《何满子》一事,皆言发生于"灵武"李灵曜宴会之上。

《元和郡县图志》记:"灵州,今为灵武节度使理所。……隋大业元年罢府为灵州,三年又改为灵武郡。武德元年又改为灵州,仍置总

---

① (宋)晁载之:《续谈助》,载王云五主编《丛书集成初编》,商务印书馆,1936,第17页。

② (唐)段安节撰,亓娟莉校注《乐府杂录校注》,上海古籍出版社,2015,第1页。

管,七年改为都督府。开元二十一年,于边境置节度使,以遏四夷,灵州常为朔方节度使理所。"①

《太平寰宇记》卷三十六"灵州"云:"隋开皇初郡废,炀帝又置灵武郡。唐武德元年改为灵州总管府,领回乐、弘静、怀远、灵武、鸣沙五县,……开元初废,复置东皋兰、燕然、燕山、鸡田、鸡鹿、烛龙等六州,并寄灵州界,属灵州都督府。开元二十一年于边境置节度,以遏四夷,灵州常为朔方节度使理所。天宝元年改为灵武郡。至德元年,肃宗于灵武即位,升为大都督府。乾元元年复为灵州。皇朝为朔方军节度。"②

按吴廷燮《唐方镇年表》,自安史之乱至大历十一年李灵曜被擒杀,朔方历任节度使有安思顺、郭子仪、李光弼、李若幽(李国贞)、仆固怀恩数人,③未见李灵曜。

《旧唐书》曰:"(大历)十一年,汴宋留后田神玉卒,诏加(李)勉汴州刺史、汴宋节度使。未行,汴州将李灵曜阻兵,北结田承嗣,承嗣使侄悦将锐兵成之。诏勉与李忠臣、马燧等攻讨,大破之,悦仅以身免。灵曜北走,勉骑将杜如江擒之以献,代宗褒赏甚厚。"④

《资治通鉴》"大历十一年"条曰:"五月,汴宋留后田神玉卒。都虞候李灵曜杀兵马使、濮州刺史孟鉴,北结田承嗣为援。癸巳,以永平节度使李勉兼汴、宋等八州留后。乙未,以灵曜为濮州刺史,灵曜不受诏。六月,戊午,以灵曜为汴宋留后,遣使宣慰。……八

① (唐)李吉甫撰,贺次君点校《元和郡县图志》,中华书局,1983,第91~92页。
② (宋)乐史撰,王文楚等点校《太平寰宇记》,中华书局,2007,第759页。
③ (清)吴廷燮:《唐方镇年表》,中华书局,1980,第134~138页。
④ (后晋)刘昫等:《旧唐书》,中华书局,1975,第3635页。

月……李灵曜既为留后，益骄慢，悉以其党为管内八州刺史、县令，欲效河北诸镇。……十月……丁未，灵曜至韦城，永平将杜如江擒之。……甲寅，李勉械送李灵曜至京师；斩之。"①

《旧唐书·德宗本纪》记："（建中二年二月）丙午，以宋亳节度为宣武军。"②

《新唐书》卷三十八云："汴州陈留郡，雄。武德四年以郑州之浚仪、开封，滑州之封丘置。……县六（有宣武军，建中二年置于宋州。兴元元年徙屯）。"③

顾祖禹《读史方舆纪要》云："唐建中二年，置宣武军，治宋州。兴元初，宣武军移治汴州。"④

吴廷燮《唐方镇年表》"宣武"条亦言："宣武军节度、汴宋亳观察等使、汴州刺史，领汴、宋、亳三州。……（大历）十一年，李灵曜（《旧纪》：六月戊戌，以李灵曜为汴州刺史，充节度留后）。"⑤

由上可知，建中后，宣武为汴宋之别称。疑《琵琶录》所记之"灵武"乃"宣武"之误，此事发生地点非在灵武，而在汴宋。段安节乃段成式之子，具体生卒年未详，据《新唐书·段志玄传》曰："（段成式）子安节，乾宁中，为国子司业。善乐律，能自度曲云。"⑥段安节生活年代大约在晚唐，以宣武称汴宋，亦与之相合。

---

① （宋）司马光编著，（元）胡三省音注《资治通鉴》，中华书局，1956，第7237、7238、7239页。
② （后晋）刘昫等：《旧唐书》，中华书局，1975，第328页。
③ （宋）欧阳修、宋祁：《新唐书》，中华书局，1975，第989页。
④ （清）顾祖禹：《读史方舆纪要》，续修四库全书本，第604册，上海古籍出版社，1996，第410页。
⑤ （清）吴廷燮：《唐方镇年表》，中华书局，1980，第185、190页。
⑥ （宋）欧阳修、宋祁：《新唐书》，中华书局，1975，第3764页。

三 时间考

胡二姊歌《河满子》一事发生之时间,推测如下:《琵琶录》言:"有举子白秀才,寓止京师,宫娃内弟子出在民间,白即纳一妓焉……"[①]查《唐会要》卷三《出宫人》,载出宫人共十次,分别在武德九年八月十八日,贞观二年七月三日,开元二年八月十二日,大历十四年五月,贞元二十一年三月,元和八年六月,元和十年十二月,长庆四年二月,宝历二年十二月,开成三年二月。[②]

另外一次伎人大规模出宫,是在天宝十四年爆发的安史之乱中。《明皇杂录》记叙当时情况曰:"天宝末,群贼陷两京,大掠文武朝臣及黄门宫嫔乐工骑士,每获数百人,以兵仗严卫,送于洛阳。至有逃于山谷者,而卒能罗捕追胁,授以冠带。"[③]又《新唐书·礼乐志》云:

---

① (宋)晁载之:《续谈助》,载王云五主编《丛书集成初编》,商务印书馆,1936,第17页。

② 见《唐会要》卷三《出宫人》:"武德九年八月十八日,诏:'……朕顾省宫掖,其数实多,悯兹深闭,久离亲族,一时减省,各从娶聘。'自是中宫前后所出,计三千余人。""至(贞观二年)七月三日,上谓侍臣曰:'妇人幽闭深宫,情实可愍。……今将出之,任求伉俪,非独以省费息人,亦各得遂其性。'于是命尚书左丞戴胄、给事中杜正伦等,于掖庭宫西门简出之。""开元二年八月十日,诏曰:'……妃嫔已下,朕当拣择,使还其家。宜令所司将车牛,今月十二日,赴崇明门待进止。'""大历十四年五月,出宫人百余人。""贞元二十一年三月,出后宫人三百人。其月,又出后宫及教坊女妓六百人,听其亲戚迎于九仙门。""元和八年六月,出宫人二百车,任其嫁配。""(元和)十年十二月,出宫人七十二人。""长庆四年二月,敕先在掖庭宫人,及逆人家口,并配内园者,并放出外,任其所适。其月敕文,宫中老年及残疾不任使役,并有父母者,并委所司,选择放出。""宝历二年十二月,敕在内宫女,宜放三千人,愿嫁及归近亲,并从所便,不须寻问。""开成三年二月,文宗以旱出宫人刘好奴等五百余人,送两街寺观,任归亲戚。"(宋)王溥:《唐会要》,中华书局,1955,第35~37页。

③ (唐)郑处海:《明皇杂录》,中华书局,1994,第41页。

"其后巨盗起，陷两京，自此天下用兵不息，而离宫苑囿遂以荒堙，独其余声遗曲传人间，闻者为之悲凉感动。盖其事适足为戒，而不足考法，故不复著其详。"①

《旧唐书》记录玄宗出逃之仓促曰："（天宝十五载六月）甲午，将谋幸蜀，乃下诏亲征，仗下后，士庶恐骇，奔走于路。乙未，凌晨，自延秋门出，微雨沾湿，扈从惟宰相杨国忠韦见素、内侍高力士及太子、亲王，妃主、皇孙已下多从之不及。"②《唐鉴》卷五亦云："杨国忠首唱幸蜀之策，……乙未黎明，帝独与贵妃姊妹、皇子、妃主、皇孙，杨国忠、韦见素、魏方进、陈玄礼及亲近宦官宫人出延秋门。妃主、皇孙之在外者，皆委之而去。"③众人狼狈之态可想而知。其时相随者只有部分近亲、亲近大臣和侍从，也有少数乐人。当时随行的乐人中确知姓名者仅二人，为张野狐和黄幡绰，④二人皆是特得玄宗爱幸之辈。按全盛时宫中教坊梨园乐人之数至少在三千以上，可见其中绝大部分都在这次大离乱中流落民间了。

从时间来说，《唐会要》所记载的十次出宫都应非胡二姊之所出。武德、贞观年间的两次不必说，开元时期的大历十四年及以后诸次，李灵曜早已身亡，亦非。至于开元二年者，按上文引《旧唐书》《资

---

① （宋）欧阳修、宋祁：《新唐书》，中华书局，1975，第477页。
② （后晋）刘昫等：《旧唐书》，中华书局，1975，第232页。
③ （宋）范祖禹：《唐鉴》，上海古籍出版社，1984，第145页。
④ 《明皇杂录》："明皇既幸蜀，西南行初入斜谷。属霖雨涉旬，于栈道雨中间铃，音与山相应。上既悼念贵妃，采其声为《雨霖铃》曲，以寄恨焉。时梨园子弟善吹觱篥者，张野狐为第一，此人从至蜀，上因以其曲授野狐。"《碧鸡漫志》："世传明皇宿上亭，雨中闻牛铎声，怅然而起，问黄幡绰：'铃作何语?'曰：'谓陛下特郎当。'特郎当，俗称不整治也。明皇一笑，遂作此曲。"（唐）郑处诲：《明皇杂录》，中华书局，1994，第46页。（宋）王灼著，岳珍校正《碧鸡漫志校正》，巴蜀书社，2000，第115页。

治通鉴》所记,李灵曜之专汴宋,在大历十一年五月杀孟鉴之后,[①]宴会举行的时间也当在其后,从年龄推算,若胡二姊在开元二年出宫,大历十一年已垂暮,与事不合。因此可推测,胡二姊应是安史之乱中出宫逃散的。可以大致推知,胡二姊歌《何满子》一事,其时间当在李灵曜大历十一年五月起事至十月被擒杀之间。

第二节　从《何满子》看文人"依调填辞"曲体规范的形成

一　《何满子》起源

关于《何满子》一曲的来历,最早的记载见于元稹和白居易。

元稹《何满子歌（张湖南座为唐有熊作）》曰:"何满能歌能宛转,天宝年中世称罕。婴刑系在囹圄间,水调哀音歌愤懑。梨园弟子奏玄宗,一唱承恩羁网缓。便将《何满》为曲名,御谱亲题乐府纂。鱼家入内本领绝,叶氏有年声气短。自外徒烦记得词,点拍才成已夸诞。"[②]白居易《何满子歌》则云:"世传满子是人名,临就刑时曲始

---

① 《碧鸡漫志》所引《乐府杂录》中称李灵曜为"刺史",在《琵琶录》中则称"尚书"。唐代尚书乃中央行政官员,刺史则为地方行政长官。按《唐六典》,唐有尚书令一人,正二品;吏部尚书一人,户部尚书一人,礼部尚书一人,兵部尚书一人,刑部尚书一人,工部尚书一人,皆正三品。又《唐六典》曰:"上州,注:凡户满四万已上为上州。刺史一人,从三品。注:秦置御史监郡,汉初省之,丞相遣史分刺诸州,亦不常置。至武帝元封五年,初置部刺史十三人,掌奉诏条察诸州,秋、冬入奏,居无常所。后汉则皆有定所。属官有别驾、治中、主簿、功曹从事、诸曹掾等员,皆自辟除;以刺众官及万人非违,故谓之刺史。"似称刺史更合。(唐)李林甫等撰,陈仲夫点校《唐六典》,中华书局,1992,第5、26、63、108、150、179、215、745页。

② (唐)元稹撰,冀勤点校《元稹集》,中华书局,1982,第309页。

成。一曲四词歌八叠，从头便是断肠声。"自注云："开元中，沧州有歌者何满子，临刑进此曲以赎死，上竟不免。"①元稹谓歌人"一唱承恩羁网缓"，乐天则谓"上竟不免"，元白生平交好，闻见略同，独记此事少异。但二人皆言《何满子》为玄宗时待罪歌人为赎死而作，事应无疑。

《何满子》见载于《教坊记·曲名》，说明此曲有曲子之体，为盛唐宫廷表演的曲目。

《杜阳杂编》云："上于内殿前看牡丹，翘足凭栏，忽吟舒元舆《牡丹赋》云：'俯者如愁，仰者如语，含者如咽。'吟罢方省元舆词，不觉叹息良久，泣下沾臆。时有宫人沈阿翘，为上舞《河满子》，调声风态，率皆宛畅。曲罢，上赐金臂环，即问其从来。阿翘曰：'妾本吴元济之妓女，济败，因以声律得为宫人。'"②《碧鸡漫志》卷四引《卢氏杂说》云："甘露事后，文宗便殿观牡丹，诵舒元舆《牡丹赋》，叹息泣下，命乐适情。宫人沈翘翘舞《何满子》，词云：'浮云蔽白日'。上曰：'汝知书耶？'乃赐金臂环。"③此文宗时事。

张祜《孟才人叹（并序）》云："武宗皇帝疾笃，迁便殿。孟才人以歌笙获宠者，密侍其右。上目之曰：'吾当不讳，尔何为哉？'指笙囊泣曰：'请以此就缢。'上悯然。复曰：'妾尝艺歌，请对上歌一曲以泄其愤。'上以恳许之。乃歌一声《何满子》，气亟立殒。上令医候之，曰：'脉尚温而肠已绝。'"④此武宗时事。

① （唐）白居易著，朱金城笺校《白居易集笺校》，上海古籍出版社，1988，第2457页。"唐有熊"一作"唐有态"。
② （唐）苏鹗：《杜阳杂编》，载王云五主编《丛书集成初编》，商务印书馆，1939，第18页。
③ （宋）王灼著，岳珍校正《碧鸡漫志校正》，巴蜀书社，2000，第103页。
④ （清）彭定求等编《全唐诗》，中华书局，1960，第5849页。

《何满子》不见于《教坊记·大曲名》，但任半塘先生认为此曲有大曲之体。《唐六典》曰："燕乐、西凉、龟兹、疎勒、安国、天竺、高昌大曲，各三十日；次曲，各二十日；小曲，各十日。"① 任半塘认为："大曲系许多遍相连之曲，小曲则等于大曲之一遍……"② 王小盾在《唐大曲及其基本结构类型》一文中定义"唐大曲"曰：

> 我们可以确定唐大曲的基本特征为：一、它是与小曲相对称的一种音乐体裁。在《唐六典》中，它又称"次曲"。在日本文献中，它又称"中曲"。二、它是多曲段的音乐体裁。它与同名小曲的关系，常常是曲本体与摘段曲的关系。《教坊记》"曲名"中有《柘枝引》《千秋子》，《教坊记》"大曲名"中有《柘枝》《千秋乐》，前者就是后者的摘段曲。三、它是由多种曲段有机结合的整体。……如果我们要给唐大曲设一个定义，那么这定义就是：产生在隋唐五代，由节奏不同的多支小曲顺序编组，并以舞曲为主要部分的音乐作品。③

任半塘先生订《何满子》为大曲，主要根据即在其有舞容记载，如沈氏舞《何满子》，元稹诗写唐有熊歌《何满子》，言其曲"缠绵叠破最殷勤"，既具"叠破"，非大曲而何等等。④

可见《何满子》一曲有曲子、大曲两种体制并行。唐大曲一般

---

① （唐）李林甫等撰，陈仲夫点校《唐六典》，中华书局，1992，第399页。
② 任中敏著，张之为、戴伟华校理《唐声诗》上编，凤凰出版社，2013，第235页。
③ 王小盾：《唐大曲及其基本结构类型》，《中国音乐学》（季刊）1988年第2期。
④ 任中敏著，张长彬校理《敦煌曲初探》，载《敦煌曲研究》，凤凰出版社，2013，第214~215页。

遍数较多，奏乐、歌唱、合舞，费时相当久，如《旧唐书·音乐志》载仪凤二年太常少卿韦万石奏高宗曰："每见祭享日三献已终，《上元舞》犹自未毕，今更加《破阵乐》《庆善乐》，兼恐酌献已后，歌舞更长。"[①]由于大曲遍数多、耗时长，不便日常演奏欣赏，于是常将其歌舞的精粹部分摘为曲子或曲破单行，用原大曲之名，以"子"或"破"名之，或者以"大"名大曲，加以区别。《教坊记》中"曲名"部分所载之曲目，其中便有不少具备相应的大曲，如《剑器》于《剑器子》，《长庆乐》于《长庆子》，《念家山》于《念家山破》，《大武媚娘》于《武媚娘》，不一而足。

任半塘与王小盾先生都指出同名大曲与曲子之间常常是曲本体与摘遍曲的关系，但《何满子》一曲揭示出两者还可能存在另外一种关系：除了从流行的大曲中摘取精彩段落单独表演，还存在以曲子为本体，扩展为同名大曲的情况。

从以上记载看，《何满子》一曲是沧州歌者何满子临刑而进，希图以之免死。元稹与白居易的诗是对此事的最早记录，他们写到"何满能歌能宛转""水调哀音歌愤懑""一唱承恩羁网缓""临就刑时曲始成"，都重在歌声，并不见舞容之描写。《琵琶录》所载大历十一年李灵曜宴中的《何满子》表演，亦同样重在歌唱。《何满子》一曲乃宫廷歌人为免死而制，此本事并无疑议，考虑到当时的具体状况，《何满子》在初进之时，极可能只是体制比较短小的曲子，大曲《何满子》，乃曲子《何满子》改制扩充而成，为后出之作。这亦可以解释《教坊记》不载大曲《何满子》的原因：今知崔令钦之身世，确在玄、

---

① （后晋）刘昫等：《旧唐书》，中华书局，1975，第1049页。

肃两代,《教坊记》之成书,最迟在盛唐,①《何满子》不见于《教坊记·大曲名》,非崔令钦之失,乃当时《何满子》未有大曲之制也。

元稹《何满子歌(张湖南座为唐有熊作)》诗云:"缠绵叠破最殷勤,整顿衣裳颇闲散。"②有叠有破,此乃对大曲《何满子》的最早描写。诗题中提及的张湖南即张正甫,元和八年至元和十一年为湖南观察使。元和五年,元稹被贬江陵府士曹参军,元和九年二月,至潭州拜访张正甫,三月返回江陵府,此诗当作于是间。③可知《何满子》扩制为大曲,当在盛唐至此间矣。

二 《何满子》音乐与舞容一窥

关于《何满子》的记载不多,只有寥寥数条,现拟以之对《何满子》的表演情况稍作勾勒。

1. 音乐

(1)调名。《何满子》原属水调,见元稹《何满子歌(张湖南座为唐有熊作)》:"何满能歌能宛转,天宝年中世称罕。婴刑系在囹圄间,水调哀音歌愤懑。"④"水调"向有二说,一说为曲名,一说为调名,宋王灼《碧鸡漫志》辨之颇详:

水调:《水调歌》,《理道要诀》所载唐乐曲,南吕商时号水调。予数见唐人说水调,各有不同。予因疑水调非曲名,乃俗呼

① (唐)崔令钦撰,任中敏笺订,喻意志、吴安宇校理《教坊记笺订》,凤凰出版社,2013,第14页。
② (唐)元稹撰,冀勤点校《元稹集》,中华书局,1982,第310页。
③ 卞孝萱:《元稹年谱》,齐鲁书社,1980,第158、215页。
④ (唐)元稹撰,冀勤点校《元稹集》,中华书局,1982,第309页。

音调之异名，今决矣。按《隋唐嘉话》：炀帝凿汴河，自制《水调歌》。即是水调中制歌也。世以今曲《水调歌》为炀帝自制，今曲乃中吕调，而唐所谓南吕商，则今俗呼中管林钟商也。《胜说》云："水调《河传》，炀帝将幸江都时所制，声韵悲切，帝喜之。乐工王令言谓其弟子曰：不返矣。水调《河传》，但有去声。"此说与《安公子》事相类，盖水调中《河传》也。《明皇杂录》云："禄山犯顺，议欲迁幸。帝置酒楼上，命作乐。有进《水调歌》者，曰：'山川满目泪沾衣，富贵荣华能几时。不见只今汾水上，惟有年年秋雁飞。'上问谁为此曲，曰李峤。上曰真才子。不终饮而罢。"此水调中一句七字曲也。白乐天《听水调诗》云："五言一遍最殷勤，调少情多似有因。不会当时翻曲意，此声肠断为何人。"《胜说》亦云："《水调》第五遍，五言调，声最愁苦。"此水调中一句五字曲。又有多遍，似是大曲也。乐天诗又云："时唱一声新水调，谩人道是采菱歌。"此水调中新腔也。①

元稹诗云"水调哀音歌愤懑"之"水调"，乃是调名，《何满子》子水调中制歌，当无疑问。

（2）转移宫调。按元稹诗云"犯羽舍商移调态"，《何满子》曲有转移宫调的情况。转移宫调一般有转调与犯调两种。转调又称转声，是与本调相对而言的，从音乐上讲就是转变本调的宫调，将整个曲子由一个宫调转换到另一个宫调，形成新声。犯调同样是移宫换羽的一种方式，它指的是一曲而用两个以上的宫调。《何满子》所谓"犯羽舍商"即指后一种情况。

---

① （宋）王灼著，岳珍校正《碧鸡漫志校正》，巴蜀书社，2000，第96页。

（3）曲体。关于《何满子》的曲体，最具体的描述是白居易《何满子歌》中所言之"一曲四词歌八叠"。究竟如何"歌"如何"叠"，《碧鸡漫志》认为："薛逢《何满子》词云：'系马宫槐老，持杯店菊黄。故交今不见，流恨满川光。'五字四句。乐天所谓一曲四词，庶几是也。歌八叠，疑有和声，如《渔父》《小秦王》之类。"[1]任半塘先生则认为："'一曲'指一套大曲，'四词'指其辞四遍，'八叠'指每遍复唱一次，唱成八遍。此'叠'字，既非和声，亦非叠句，乃《教坊记》叙《踏谣娘》'每一叠，旁人齐声和之'之'叠'，乃元稹诗'缠绵叠破'之'叠'；以一章，或一解，或一首，或一遍，唱成促拍之急曲子，即所谓'叠破'也。"[2]

2. 舞容

唐代大曲之舞，有软舞、健舞、字舞、马舞等等，关于《何满子》之舞蹈，《杜阳杂编》与《卢氏杂说》均言宫人沈氏曾于文宗前舞之，但其舞容惜未有明载，唯元稹《何满子歌（张湖南座为唐有熊作）》曾透露些许信息："我来湖外拜君侯，正值灰飞仲春琯。广宴江亭为我开，红妆逼坐花枝暖。此时有熊踏华筵，未吐芳词貌夷坦。翠蛾转盼摇雀钗，碧袖歌垂翻鹤卵。定面凝眸一声发，云停尘下何劳算？迢迢击磬远玲玲，一一贯珠匀款款。犯羽舍商移调态，留情度意抛弦管。湘妃宝瑟水上来，秦女玉箫空外满。缠绵叠破最殷勤，整顿衣裳颇闲散。冰含远溜咽还通，莺泥晚花啼渐懒。敛黛吞声若自冤，郑袖见捐西子浣。阴山鸣雁晓断行，巫峡哀猿夜呼伴。古者诸侯飨外

---

① （宋）王灼著，岳珍校正《碧鸡漫志校正》，巴蜀书社，2000，第 103 页。

② 任中敏著，张长彬校理《敦煌曲初探》，载《敦煌曲研究》，凤凰出版社，2013，第 214~215 页。

宾,《鹿鸣》三奏陈圭瓒。何如有熊一曲终,牙筹记令红螺碗。"①当中似有摇钗、翻袖等动作。诗中值得注意的还有"何如有熊一曲终,牙筹记令红螺碗"一言,明确言及宴上曾行酒令。"牙筹记令红螺碗"说明所行的是筹令。筹令是一种唐代新兴的酒令,其特点是以筹宣令,以筹司饮。②诗句描述了歌唱与酒令相结合的唐代宴饮情形,特别是以《何满子》一调送筹,值得关注。

三 《何满子》传唱与传辞

1. 传唱

《何满子》是唐教坊曲,有曲子与大曲之制。它的演出场合,一是宫闱宴会,如上文所引之文宗时沈氏,武宗时孟才人;一为宫廷外宴集,如胡二姊于李灵曜宴、唐有熊于张正甫宴。除以上几事,还有《南部新书》记载:"贞元初,荆南有狂僧,善歌《河满子》。尝遇醉五百,涂中辱令歌。僧即发声,其词皆陈五百平生过恶,五百惊惧,自悔之不暇。"③

唐代的曲调来源,从《教坊记》看,其中所列之曲共三百四十二首,来源有三种:一为沿袭前代之乐曲,如《乌夜啼》《杨柳枝》《长相思》《玉树后庭花》等;二为民歌或藩镇所献之乐,如《拜新月》《山鹧鸪》《柳含烟》《渔歌子》,以及《凉州》《甘州》《伊州》等;三为宫中自制新乐,此类在玄宗朝最多,如传说张野狐所作之《还京乐》,为玄宗诞辰所作之《千秋乐》等。

如前所述,《何满子》属于宫廷自创新曲,曲调的来源很清晰。

---

① (唐)元稹撰,冀勤点校《元稹集》,中华书局,1982,第309~310页。
② 王昆吾:《唐代酒令艺术》,东方出版中心,1995,第9页。
③ (宋)钱易撰,黄寿成点校《南部新书》,中华书局,2002,第150页。

从这一点推断，民间流传的《何满子》曲调，都是从宫中流出的。由于安史之乱破坏了教坊和梨园，大批失去依托的宫廷艺人流向民间，随之把他们所掌握的曲目带传入民间，以青楼妓馆、公私筵席为中心，渐次传播开来。

从文献记载看，大历年间，《何满子》已传至汴宋地区（胡二姊）；贞元初年，荆南有之（狂僧）；元和年间，湖南有之（唐有熊）。此外，直到中晚唐，《何满子》仍然是宫廷的保留节目，在宫中继续表演（沈氏、孟才人）。

2. 传辞

按任半塘先生意见，判断作品是否为歌辞，依据有下列几种：一有曲调名——原辞有曲调名；二有拟调名——原辞具备标题而可以直接代替曲调名；三有充作歌辞之证明——原辞具备标题，虽不能充为拟调名而已足以证明其为歌辞者；四有歌舞本事——原辞曾有歌唱或舞蹈之本事；五原载于歌辞性质之专集、选集、总集者。[1]据之，唐五代《何满子》传辞有以下数首。

大曲辞一套四首，保存在敦煌文献中，皆七言四句：

"第一：半夜秋风凛凛高，长城侠客逞雄豪。手执钢刀利霜雪，腰间恒挂可吹毛。

"第二：秋水澄澄深复深，喻如贱妾岁寒心。江头寂寞无音信，薄暮惟闻塞鸟吟。

"第三：城傍猎骑各翩翩，侧坐金鞍调马鞭。胡言汉语真难会，听取胡歌甚可怜。

"第四：金河一去路千千，欲到天边更有天。马上不知时历变，

---

① 任中敏著，张之为、戴伟华校理《唐声诗》上编，凤凰出版社，2013，第438页。

回来未半早经年。"①

大曲辞有两个条件，一曰合舞，二曰每片辞前，标明次序，具"第一""第二"等字样，名之曰"遍序"，乃其形式特征。②虽然敦煌《何满子》原卷未标"第一""第二"，但综合元稹《何满子歌（张湖南座为唐有熊作）》之描写与敦煌辞之内容、意境，任半塘先生认为其即大曲之辞③，并定此其时代在盛唐。④

杂曲辞有齐言、杂言两种类型。

齐言有五言四句、七言四句、六言六句三体。

（1）五言四句

薛逢一首："系马宫槐老，持杯店菊黄。故交今不见，流恨满川光。"⑤

（2）七言四句

白居易一首："世传满子是人名，临就刑时曲始成。一曲四词歌八叠，从头便是断肠声。"⑥

（3）六言六句

和凝一首："写得鱼笺无限，其如花锁春晖。目断巫山云雨，空

① 任中敏著，张长彬校理《敦煌曲校录》，载《敦煌曲研究》，凤凰出版社，2013，第147页。
② 任中敏著，张之为、戴伟华校理《唐声诗》上编，凤凰出版社，2013，第108页。
③ 任中敏著，张长彬校理《敦煌曲初探》，载《敦煌曲研究》，凤凰出版社，2013，第214页。
④ 任中敏著，张长彬校理《敦煌曲初探》，载《敦煌曲研究》，凤凰出版社，2013，第366页。
⑤ （宋）郭茂倩编《乐府诗集》，中华书局，1979，第1133页。
⑥ （宋）郭茂倩编《乐府诗集》，中华书局，1979，第1133页。按，《唐声诗》下编《格调》未收此首，依《隋唐五代燕乐杂言歌辞集·声诗集》收录情况列入。任半塘、王昆吾编著《隋唐五代燕乐杂言歌辞集》，巴蜀书社，1990，第1533页。

教残梦依依。却爱薰香小鸭,羡他长在屏帏。"①

毛文锡一首:"红粉楼前月照,碧纱窗外莺啼。梦断辽阳音信,那堪独守空闺。恨对百花时节,王孙绿草萋萋。"②

另据《碧鸡漫志》引《卢氏杂说》曰:"宫人**沈翘翘**舞《何满子》,词云'浮云蔽白日'……。"③知《何满子》调下曾唱古诗"浮云蔽白日,游子不顾返。思君令人老,岁月忽已晚"之句,此为选辞配乐,亦唐曲子声辞配合之一法,可见其选取范围不独限于近体,古体诗亦有焉。

杂言有单片和双调两种。

(1)单片

句式:六六七六六六

和凝一首:"正是破瓜年几,含情惯得人饶。桃李精神鹦鹉舌,可堪虚度良宵。却爱蓝罗裙子,羡他长束纤腰。"④

孙光宪一首:"冠剑不随君去,江河还共恩深。歌袖半遮眉黛惨,泪珠旋滴衣襟。惆怅云愁雨怨,断魂何处相寻。"⑤

(2)双调

句式:六六七六六六 六六七六六六

毛熙震二首:"寂寞芳菲暗度,岁华如箭堪惊。缅想旧欢多少事,

---

① (后蜀)赵崇祚辑,李一氓校《花间集校》,人民文学出版社,2016,第105页。
② (后蜀)赵崇祚辑,李一氓校《花间集校》,人民文学出版社,2016,第89页。
③ (宋)王灼著,岳珍校正《碧鸡漫志校正》,巴蜀书社,2000,第103页。
④ (后蜀)赵崇祚辑,李一氓校《花间集校》,人民文学出版社,2016,第105页。
⑤ (后蜀)赵崇祚辑,李一氓校《花间集校》,人民文学出版社,2016,第147页。

转添春思难平。曲槛丝垂金柳，小窗弦断银筝。 深院空闻燕语，满园闲落花轻。一片相思休不得，忍教长日愁生。谁见夕阳孤梦，觉来无限伤情。"又："无语残妆澹薄，含羞舻袂轻盈。几度香闺眠过晓，绮窗疏日微明。云母帐中偷惜，水精枕上初惊。 笑靥嫩疑花坼，愁眉翠敛山横。相望只教添怅恨，整鬟时见纤琼。独倚朱扉闲立，谁知别有深情。"①

句式：六六六六六六 六六七六六六

尹鹗一首："云雨常陪胜会，笙歌惯逐闲游。锦里风光应占，玉鞭金勒骅骝。戴月潜穿深曲，和香醉脱轻裘。 方喜正同鸳帐，又言将往皇州。每忆良宵公子伴，梦魂长挂红楼。欲表伤离情味，丁香结在心头。"②

细察以上各体，可发现：

其一，杂言单片"六六七六六六"式，是从齐言六言六句加衬字而来的。

其二，杂言双调上下片的基本句式都是六言六句，其变化是由六言六句加衬字形成的。

其三，杂言双调是两个单片联章而成，即同一曲调叠唱两遍。

可以推断，杂曲《何满子》齐言六言六句、杂言单片、杂言双调所配合的曲调，都是同一曲，可能配合同名异调的，是五言四句、七言四句体。

---

① （后蜀）赵崇祚辑，李一氓校《花间集校》，人民文学出版社，2016，第177页。

② 朱祖谋校，蒋哲伦增校《尊前集》，江西人民出版社，1984，第70页。

四 对文人"依调填辞"之曲体规范形成的思考

据任半塘先生之论,唐代乐曲与歌辞配合有三法:一曰由声定辞,二曰由辞定声,三曰选辞配乐。在三类声辞结合方法中,最受关注的是"由声定辞"。在某些情况下,"由声定辞"可以理解为"依调填辞"。在音乐与文学的结合方式当中,这种类型最能刺激新的歌辞生成,更重要的是,它与一调多辞、同调异体的现象,以及词的起源都有最密切的关联。

依调填辞的触发有一个必要条件:乐妓与文人的紧密接触。在音乐与文学、乐妓与文人各处一端的情况下,乐人可以依成辞度曲,谱成新声,而文人若不与乐妓密切接触,对曲调耳熏目染,细谙于心,依声作辞是很难实现的。

玄宗所创建的教坊与梨园,在开元、天宝时期达到最盛,他的身边众星拱月地聚集了一大批当时最杰出的乐人,音乐活动极为活跃。五代花蕊夫人《宫词》追写开天情形云:"御按横金殿幄红,扇开云表露天容。太常奏备三千曲,乐府新调十二钟。"言太常有三千曲。任先生以此推之,认为教坊梨园之曲性质与太常乐不同,但折半计之,也有一千到两千曲左右,[①]若按《教坊记》所录之曲,实算亦有三百四十二首,此最低之限也。

在安史之乱前,盛唐音乐的精华,无论是曲目还是乐工、妓人,都集中在宫廷内,其服务的主要对象是帝王、后妃与少数高级官僚,表演的场所也只限于宫苑之内,这是一批被宫廷垄断的音乐资源。

改变此种状况的是安史之乱。渔阳鼙鼓一起,两京罹难,玄宗奔

---

① 任中敏著,张之为、戴伟华校理《唐声诗》上编,凤凰出版社,2013,第31页。

蜀，宫廷乐人亦随之四散奔逃，一段繁华风流云散，但以此为契机，曾经被宫廷独占的音乐曲目和技艺，也随着逃散的乐人散落到民间。《乐府杂录》云：

> 开元中，内人有许和子者，本吉州永新县乐家女也。开元末选入宫，即以永新名之，籍于宜春院。既美且慧，善歌，能变新声。韩娥、李延年殁后千余载，旷无其人，至永新始继其能。遇高秋朗月，台殿清虚，喉啭一声，响传九陌。明皇尝独召李谟吹笛逐其歌，曲终管裂，其妙如此。……洎渔阳之乱，六宫星散，永新为一士人所得。韦青避地广陵，月夜凭阑于小河之上，忽闻舟中奏水调者，曰："此永新歌也！"乃登舟，与永新对泣。久之，青始亦晦其事。后士人卒，与其母之京师，竟殁于风尘。及卒，谓其母曰："阿母钱树子倒矣！"①

又《教坊记》云：

> 妓女入宜春院，谓之"内人"，亦曰"前头人"，常在上前头也。其家犹在教坊，谓之"内人家"，四季给米。其得幸者，谓之"十家"，给第宅，赐无异等。初，特承恩宠者有十家；后继进者，敕有司：给赐同十家。虽数十家，犹故以"十家"呼之。每月二日、十六日，内人母得以女对；无母，则姊、妹若姑一人对。十家就本落，余内人并坐内教坊对。内人生日，则许其母、

---

① （唐）段安节撰，亓娟莉校注《乐府杂录校注》，上海古籍出版社，2015，第50页。

姑、姊、妹皆来对。其对所如式。①

从上两则材料,可知许和子(永新)是教坊妓中等级最高之"内人",亦叫"前头人",色艺皆属上上之选。她的经历是嫁与士人,士人亡故后失其所依,再次回到京城,操北里之业,最后殁于风尘。《开元天宝遗事》载:"长安有平康坊,妓女所居之地,京都侠少萃集于此,兼每年新进士,以红笺名纸游谒其中。时人谓此坊为风流薮泽。"②在盛唐时代,长安的商业高度发达,妓业也相当成熟繁盛,这为坊妓的转化提供了良好的条件和机会:从卖艺宫廷转为卖艺民间。许和子下沉到"北里"的过程,实际就是教坊被迫向商业转化的过程。正是通过这种途径,宫廷乐人流入民间,与文人开始了长期而广泛的接触。他们不再是宫廷帝王和部分高官独占的资源,开始频繁出现在一般文人的筵席宴会上,歌舞娱宾助兴。杜甫的名篇《江南逢李龟年》描述的也是类似情景。随着这批颇有数量的乐人散落民间,走向全国,曾经为他们所独擅的宫廷曲目与技艺,也随之传播开来。

宫廷音乐,包括曲目、乐人的下沉,以及中唐宴乐文化的兴起,为文人依调填辞的繁盛提供了土壤。但是,依调填辞还需要具备另一个必要条件,即音乐曲调的相对稳定。

作为隋唐燕乐的一种音乐体裁,唐曲子的一大来源是民间谣歌,是从民间音乐发展而来的,这就是王小盾先生所说的"在民间辞阶

---

① (唐)崔令钦撰,任中敏笺订,喻意志、吴安宇校理《教坊记笺订》,凤凰出版社,2013,第41页。

② (五代)王仁裕等撰,丁如明辑校《开元天宝遗事十种》,上海古籍出版社,1985,第79页。

段，获得歌调"。①《教坊记》中记载的曲目也说明了此点，其中的《渔歌子》《拾麦子》《拨棹子》等，都源于民间谣歌，还有《破阵乐》《堂堂》《黄獐》《桑条》之类，也经历过歌谣的阶段。但是教坊曲与谣歌的一个重要区别，是教坊曲经过了专门加工，在曲调曲式上经过了宫廷乐工的严格规范，这样才能适应宫廷表演的需要。如《破阵乐》《堂堂》《黄獐》，都有大曲之制，唐大曲体制浩繁，需要大型乐队协作演奏，其曲调不可能没有经过专门的整理、改造和标准化处理。

还有就是乐谱的大量使用和流通。唐人有很多各类曲谱、歌谱的记载，略摘数则如下。

琵琶谱之例如白居易《代琵琶弟子谢女师曹供奉寄新调弄谱》，其云："琵琶师在九重城，忽得书来喜且惊。一纸展看非旧谱，四弦翻出是新声。"②敦煌亦发现一批唐人曲谱，日本也有唐传入的琵琶谱。

筝谱之例如吴融《李周弹筝歌》曰："年将六十艺转精，自写梨园新曲声。"③

笛谱之例如张祜《李谟笛》云："平时东幸洛阳城，天乐宫中夜彻明。无奈李谟偷曲谱，酒楼吹笛是新声。"④又元稹《连昌宫词》曰："逡巡大遍《凉州》彻，色色《龟兹》轰录续。李谟擫笛傍宫墙，偷得新翻数般曲。"其诗有自注，记载了创作本事："玄宗尝于上阳宫夜后按新翻一曲，属明夕正月十五日，潜游灯下。忽闻酒楼上有笛奏前

① 王小盾:《〈宋代声诗研究〉序》，载杨晓霭《宋代声诗研究》，中华书局，2008，第3页。
② （唐）白居易著，朱金城笺校《白居易集笺校》，上海古籍出版社，1988，2189页。
③ （清）彭定求等编《全唐诗》，中华书局，1960，第7898页。
④ （清）彭定求等编《全唐诗》，中华书局，1960，第5839页。

夕新曲，大骇之。明日密遣捕捉笛者，诘验之，自云：'某其夕窃于天津桥玩月，闻宫中度曲，遂于桥柱上插谱记之。臣即长安少年善笛者李谟也。'玄宗异而遣之。"①

羯鼓谱之例如南卓《羯鼓录》记："广德中，前双流县丞李琬者亦能之，调集至长安，僦居务本里，尝夜闻羯鼓声，曲颇妙，于月下步寻，至一小宅，门极卑隘，叩门请谒，谓鼓工曰：'君所击者，岂非耶婆色鸡乎？虽至精能而无尾，何也？'工大异之曰：'君固知音者，此事无人知。某太常工人也，祖父传此艺，尤能此曲，近张通獠入长安，某家事流散，父没河西，此曲遂绝。今但按旧谱数本寻之，竟无结尾声，故夜夜求之。'"②又段成式《酉阳杂俎》曰："玄宗常伺察诸王，宁王常夏中挥汗鞔鼓，所读书乃龟兹乐谱也。上知之，喜曰：'天子兄弟，当极醉乐耳。'"③

除了乐器谱，还有歌谱。

王灼《碧鸡漫志》引《文酒清话》云："唐封舜卿性轻佻。德宗时使湖南，道经金州，守张乐燕之。执杯索《麦秀两岐》曲，乐工不能。封谓乐工曰：'汝山民亦合闻大朝音律。'守为杖乐工。复行酒，封又索此曲。乐工前乞侍郎举一遍。封为唱彻，众已尽记，于是终席动此曲。封既行，守密写曲谱，言封燕席事，邮筒中送与潭州牧。封至潭，牧亦张乐燕之。倡优作褴褛数妇人，抱男女筐筥，歌《麦秀两岐》之曲，叙其拾麦勤苦之由。封面如死灰，归过金州，不复言矣。"④从这则材料还可以推测，当时的记谱法已比较精密，即便乐人

---

① （唐）元稹撰，冀勤点校《元稹集》，中华书局，1982，第270~271页。

② （唐）南卓：《羯鼓录》，上海古籍出版社，1988，第8~9页。

③ （唐）段成式撰，许逸民校笺《酉阳杂俎校笺》，中华书局，2015，第889页。

④ （宋）王灼著，岳珍校正《碧鸡漫志校正》，巴蜀书社，2000，第134页。

完全不曾接触过一个曲调，只要有乐谱，就可以准确演奏（歌唱），乐谱的使用和流通，对于曲调体式的规范与统一，具有积极作用。

敦煌写本中还存有一种特别的"嵌曲名"诗体，如 S.361《曲子名一首》："三月三日范（泛）龙州（舟），政（正）见李（鲤）鱼水上由（游）。义（意）若（欲）将钓来鸟口，恐恓（怕）恓龙动福（复）收。"[①]嵌《泛龙舟》。

P.3632《谨奉来韵（兼寄曲子名）》："昨夜拳耊（？）姪最赢，至今犹惬素中情。赛耊应有倾杯乐，老仁争敢不相迎。"[②]嵌《倾杯乐》。

S.5643《红娘子》："□□□□宣。美人秋水似天仙。红娘子本住□□。蝶儿终日绕花间。　　举头聚落秋□□。悔上采莲船。杨柳枝柔。堕落西番。"[③]嵌《天仙》《红娘子》《采莲》《杨柳枝》《落番》。

P.3911《失调名》："（上阙）羊子徧野巫山。醉胡子楼头饮宴。醉思乡千日醺醺。下水船盏酌十分。令筹更打江神。"[④]嵌《羊子》《巫山》《醉胡子》《醉思乡》《下水船》《江神》。

从中也可见当时人们对这些曲调的熟谙。

从现有资料看，玄宗朝是唐曲子曲体规范形成的关键时期，此时的宫廷音乐资源高度集中，形成了一个繁荣的创作中心，产生了一批高度规范化的曲调，这些曲调扩散传播，成为了其后公私宴席流行曲目的重要来源。

---

① 徐俊纂辑《敦煌诗集残卷辑考》，中华书局，2000，第849页。
② 徐俊纂辑《敦煌诗集残卷辑考》，中华书局，2000，第806页。
③ 任中敏编著，何剑平、张长彬校理《敦煌歌辞总编》，凤凰出版社，2014，第320页。
④ 任中敏编著，何剑平、张长彬校理《敦煌歌辞总编》，凤凰出版社，2014，第321页。

一批有相对固定曲体的曲子广泛传播,给文人"依调填辞"创造了条件。文人的填辞方式主要有两种,一种是依音乐谱填辞,也就是依曲式填辞;一种是依文字谱填辞,也就是依平仄谱填辞。依音乐谱填辞和依文字谱填辞是两种完全不同的创作方式。学界一般认为,平仄是"文字的音乐",文字谱是对音乐谱的模仿,随着音乐散亡,文字谱逐渐取代了音乐谱,这也是填辞写作的一个历时性变化趋势。无论如何,"谱"是束缚"填辞"的依据和准绳,依调填辞发展为一种大范围的、广泛流行的社会化文学行为,必定不能缺少这个准绳。在填辞的初始阶段,这个准绳是音乐的曲体规范,后来则发展为严格的平仄和用韵规则。王小盾先生指出,唐代用作送酒歌舞的著辞曲,今日可考见者,在七十曲以上,其中至少有四十七只曲子,是源自教坊的。① "著辞"从音乐与文学结合的角度看,其实质是依调填辞的一种,它的令格成为了后来词的格调来源。可以认为,相当比例的教坊曲,是唐代文人依调填辞的曲调来源,也是后来的词调来源。

也就是说,教坊曲的曲体规范在玄宗朝的宫廷内就已经制备,安史之乱后,这些流入民间的曲目转变为文人宴席所用之乐,成为依调填辞的曲调资源。但是,在玄宗宫廷形成的唐曲子曲体规范,在传入民间后,是否即被文人继承,直接转为他们依调填辞的曲体规范?这个问题一直没有受到重视。实际上在唐传古谱的解读研究中,声辞配合、节拍断定等一系列热点问题都与这个问题有密切关联。有证据表明,宫廷中经过乐工创造、改造,并固定下来而形成的唐曲子的曲体规范,并不直接等同于文人依调填辞所依据的曲体规范。

《琵琶录》所载胡二姊、骆供奉于李灵曜筵席表演《何满子》一

---

① 王昆吾:《唐代酒令艺术》,东方出版中心,1995,第75页。

事，因颇重要，复录于此：

> 有举子白秀才，寓止京师，宫娃内弟子出在民间，白即纳一妓焉。跨驴之洛，风清月白，是丽人忽唱新声，白惊，遂不复唱。逾年游灵武，季灵耀（李灵曜）尚书广场设筵，白预坐末。广张妓乐，至《河满子》，四坐倾听，俱称绝妙。唯白秀才无言，近座诘之，曰："某有一妓人，声调殊异于此。"廉问知之，促召至，则澹服薄妆，态度闲雅，发问曰："适唱者何曲？"曰："《河满子》。"遂品调举袂发声，清响激越，诸乐辈不能过之。疑有一面，琵琶声高下拢抑撚揭，罨节拍无差。遂问曰："莫是宫中胡二姊否？"胡复问曰："莫是梨园骆供奉无？"二人相对欷歔泣下。[1]

这段文献提供了一个关键信息，在李灵曜宴会上表演的《何满子》有两种形态，一种是地方艺人的曲体，另一种是胡二姊、骆供奉的曲体，两者"声调殊异"，截然不同。

如上文所述，玄宗时梨园、教坊极盛，诸曲甚备，其来源大约有承袭前代旧曲、民歌或藩镇所献之乐、宫内自制新曲。《何满子》属于第三种情况，是宫廷乐工何满子所创。如果是前代旧曲、民歌，或者藩镇献乐，同一曲名下的曲调可能并不只有一种，因为这些曲调的音乐来源并不只有一个，在流传的过程中可能经过了改编和再造，造成同名异调。但《何满子》的情况不同，其创作者是宫廷乐人，创作后主要在宫廷中表演，曲调来源单一，不存在他处有别的音乐来

---

[1] （宋）晁载之：《续谈助》，载王云五主编《丛书集成初编》，商务印书馆，1936，第17页。

源，再衍生为同名异调曲的可能。李灵曜宴会上地方艺人表演的《何满子》，基本可以确定来源于宫廷教坊，是从宫中流出的。最大的可能是由安史之乱中逃散的乐人带出，然后流传开来的。胡二姊、骆供奉是原是玄宗宫廷乐人，掌握的是宫中通行的曲调。胡二姊的演唱，只有骆供奉所奏琵琶"声韵高下，拢抑撚揭，罨节拍无差"，可见玄宗宫中与地方艺人掌握的《何满子》，存在比较大的差异。唯一的解释是《何满子》的曲调在传入民间之后产生了变异，演化出同名异调曲。元稹写于元和九年的《何满子歌（张湖南座为唐有熊作）》亦云："自外徒烦记得词，点拍才成已夸诞。"① 鉴于《何满子》创作于开天年间，流入民间大约在安史之乱中，所以这个案例中曲调变异的时间，大致可以推测在安史之乱到大历十一年李灵曜去世之间。

宫廷教坊曲传入民间后产生变化并不是罕见的现象。如薛逢《听曹刚弹琵琶》云："禁曲新翻下玉都，四弦振触五音殊。不知天上弹多少，金凤衔花尾半无。"② 又《明皇杂录》曰："唐玄宗自蜀回，夜阑登勤政楼，凭栏南望，烟云满目，上因自歌曰：'庭前琪树已堪攀，塞外征夫久未还。'盖卢思道之词也。歌歇，上问：'有旧人乎？逮明为我访来。'翌日，力士潜求于里中，因召与同至，则果梨园子弟也。其夜，上复与乘月登楼，唯力士及贵妃侍者红桃在焉。遂命歌《凉州词》，贵妃所制，上亲御玉笛为之倚曲。曲罢相睹，无不掩泣。上因广其曲，今《凉州》传于人间者，益加怨切焉。"③

曲调变化的原因有多种。乐人出宫后常不愿暴露身份，行事低调。如《琵琶录》中"是夜忽唱新声，白惊，遂不复唱"的胡二姊，

---

① 卞孝萱：《元稹年谱》，齐鲁书社，1980，第215~216页。

② （清）彭定求等编《全唐诗》，中华书局，1960，第6334页。

③ （唐）郑处诲：《明皇杂录》，中华书局，1994，第46页。

还有《乐府杂录》中所记的郑中丞："时有权相旧吏梁厚本，有别墅在昭应之西，正临河岸。垂钩之际，忽见一物浮过，长五六尺许，上以锦绮缠之。令家僮接得就岸，即秘器也。及发开视之，乃一女郎，妆饰俨然，以罗领巾系其颈。解其领巾，伺之，口鼻有余息，即移入室中，将养经旬，乃能言，云：'是内弟子郑中丞也。昨以忤旨，命内官缢杀，投于河中，锦绮即弟子相赠尔。'遂垂泣感谢。厚本即纳为妻。因言其艺，及言所弹琵琶，今在南赵家。寻值训注之乱，人莫有知者。厚本赂乐匠购得之。每至夜分，方敢轻弹。后遇良辰，饮于花下，酒酣，不觉朗弹数曲。泪有黄门放鹞子过其门，私于墙外听之，曰：'此郑中丞琵琶声也。'"①

亦有掌握宫廷曲目或技艺的乐人不愿将独门之秘传授与人，如《乐府杂录》记："某门中有乐吏杨志，善琵琶，其姑更尤妙绝。姑本宣徽弟子，后放出宫，于永穆观中住。自惜其艺，常畏人闻，每至夜分方弹。杨志恳求教授，坚不允，且曰：'吾誓死不传于人也。'志乃赂其观主，求寄宿于观，窃听其姑弹弄，仍系脂轻带，以手画带，记其节奏，遂得一两曲调。明日，携乐器诣姑弹之，姑大惊异。志即告其事，姑意乃回，尽传其能矣。"②于情理推测，这应该不是个别现象。通过"偷师"学得的曲调，难免与原曲互有参差，更不用说尽得其妙了。

当然，曲体变化更重要的原因，还是艺人在表演过程中对音乐的自觉改造和创新。如白居易对《杨柳枝》的改造："古歌旧曲君休听，

---

① （唐）段安节撰，亓娟莉校注《乐府杂录校注》，上海古籍出版社，2015，第88页。

② （唐）段安节撰，亓娟莉校注《乐府杂录校注》，上海古籍出版社，2015，第86页。

听取新翻《杨柳枝》。"①又司马扎《弹琴》云:"所弹非新声,俗耳安肯闻。"②

当然,创新的动力,不仅出于艺术家的本能,也有商业利益的驱动。唐代俗曲的表演场所大多是举场、使幕、乐营、青楼,作为唐代宴乐文化的一个组成部分,乐工歌伎的表演活动首先是一种商业行为,相互之间常存在激烈竞争。白居易《与元九书》以夸耀的口吻记载了一个著名故事:"又闻有军使高霞寓者,欲娉倡妓。妓大夸曰:'我诵得白学士《长恨歌》,岂同他妓哉?'由是增价。"③可想见当时诸妓之间互相争胜的情形。

又如"记曲娘子"张红红:"张红红者,大历初,随父歌丐食。过将军韦青所居,青纳为姬。自传其艺,颖悟绝伦。有乐工取古《西河长命女》加减节奏,颇有新声。未进间,先歌于青。青令红红潜听,以小豆数合记其拍,给云:'女弟子久歌此,非新曲也。'隔屏奏之,一声不失。乐工大惊,请与相见,叹伏不已。"④凡有新曲异声,乐人无不趋之若鹜,以为奇货可居。这也是促进旧曲翻新,造成同名异调现象的原因。

与之相对应,文人依调填辞亦是宴乐文化促生的文学现象,他们的填辞活动是和秦楼楚馆、公私筵席联系在一起的,也是和这些乐人歌妓联系在一起的。因此,文人填辞的曲体规范,应该理解为歌妓实际表演曲调的曲体规范,而这种在文人间广泛流行的曲调,虽然受到

---

① (唐)白居易著,朱金城笺校《白居易集笺校》,上海古籍出版社,1988,第2167页。

② (清)彭定求等编《全唐诗》,中华书局,1960,第6900页。

③ (唐)白居易著,朱金城笺校《白居易集笺校》,上海古籍出版社,1988,第2793页。

④ (宋)王灼著,岳珍校正《碧鸡漫志校正》,巴蜀书社,2000,第129页。

盛唐宫廷音乐——教坊乐的深刻影响，甚至有相同的曲调名称，实际上它们与教坊乐已经有所区别，不宜直接等同。

这种流传中曲调变异所致的同名异调，葛晓音先生和户仓英美先生的《从古乐谱看乐调和曲辞的关系》一文曾推测其存在，并认为是同调异体辞产生的原因之一。[①]通过上文对《何满子》一调的考证，已可指实。

值得重视的是，这种同名异调现象的确认对古乐谱解译与配辞工作有一定启发。唐传古谱的解译与配辞，使已成绝响的唐代音乐得以重焕新生，是一项意义重大的文化工程。目前所见的敦煌乐谱共三种：P.3539、P.3808、P.3719。P.3539 在《佛本行集经·忧波离品次》经卷的背面，P.3808 在《长兴四年中兴殿应圣节讲经文》经卷的背面，P.3719 是《浣溪沙》的残谱。三种乐谱共计二十五曲。[②]此二十五曲中见同名存辞的有：《浣溪沙》《西江月》《伊州》《倾杯乐》《水鼓子》。除了《浣溪沙》谱仅有十个谱字，其他四种理论上都可以进行曲辞组合的试验工作。

与《西江月》配合，一般用敦煌曲子存辞，S.2607《西江月》。与《伊州》组合的多是王维的《伊州歌》，依据是陈陶《西川座上听

---

① 葛晓音、〔日〕户仓英美：《从古乐谱看乐调和曲辞的关系》，《中国社会科学》1999 年第 1 期。

② 王重民《敦煌曲子词集》认为 P.3808 包括"《倾杯乐》等八谱"；任二北《敦煌曲初探》认为王漏列《急胡相问》，实有《倾杯乐》《西江月》《心事子》《伊州》《水鼓子》《急胡相问》《长沙女引》《撒金沙》《营富》九曲；饶宗颐《敦煌琵琶谱读记》认为"开首《品弄》一调，在《倾杯乐》前，实为十调"；〔日〕林谦三《敦煌琵琶谱的解读研究》则把《慢曲子》《又慢曲子》《急曲子》《又急曲子》作"异调同名的曲子"，并认为"也应分别作一曲计算的"，故共计二十五曲。林氏这种计曲法基本上为学界所接受。

金五云唱歌》:"歌是《伊州》第三遍,唱着右丞征戍词。"[①]与《倾杯乐》组合的多是敦煌曲辞的《倾杯乐》;还有张说的《舞马辞》,亦当是按《倾杯乐》创作的。[②]《水鼓子》敦煌存辞有三十九首之多,见于 S.6171,另《乐府诗集·近代曲辞》亦存七言四句辞一首。

原则上这些曲与辞都可以进行组合的试验,实际上,林谦三、叶栋、赵晓生、陈应时、关也维、席臻贯、洛地、葛晓音先生等学者都已取得了引人瞩目的成果。不过,在组合辞曲的时候,应当更慎重地分析乐谱与和它配合之歌辞的关系。[③]因为单就题名相同,不能确定曲调在流传过程中是否发生变化,即使是敦煌写卷中同时留存的同名曲谱,如两首《倾杯乐》,从乐谱看,也是存在差异的。

敦煌曲谱的解译工作艰难繁复,虽然已经取得了很大进展,但争议更多,如对曲拍的讨论,"拍眼说""逗顿说""返拨说"等,至今未能取得一致。对音乐文学跨学科研究来说,追求的不但是音乐

---

① (清)彭定求等编《全唐诗》,中华书局,1960,第 8472 页。

② 冒广生考张说《舞马辞》即玄宗时《倾杯曲》;任先生认为"容是,惜无实证",因为舞马在武后时即有;葛晓音认为张说之辞与《倾杯乐》同为六言,其内容又是写与《倾杯乐》配的舞马,其曲调用《倾杯乐》应无疑问。见葛晓音、〔日〕户仓英美:《从古乐谱看乐调和曲辞的关系》,《中国社会科学》1999 年第 1 期。

③ 现今发现的敦煌曲谱都抄写在经卷的背面,且没有表明抄写年代。唯有 P.3808 乐谱背后的经卷标题中有"长兴四年",为后唐明宗年号,即 933 年。任二北《敦煌曲初探》、杨荫浏《中国古代音乐史稿》、叶栋《敦煌曲谱研究》都以此为曲谱之抄写年份,林谦三则认为抄写于 933 年以前。饶宗颐通过对遗谱复制品的考察发现:三种不同笔迹的乐谱原先是抄写在由方形纸粘贴成的三个长卷上,经文抄写纸张不够,才把三种本来独立成卷的乐谱裁剪,利用其背面抄经,而不少经文的文字是抄在乐谱之间的接口上的,因此,乐谱的抄写年代当早于经文,应订在 933 年之前。饶宗颐:《敦煌琵琶谱写卷原本之考察》,载饶宗颐编《敦煌琵琶谱》,《香港敦煌吐鲁番研究中心丛刊》,新文丰出版股份有限公司,1990,第 23 页。

的复原，还试图还原辞曲的组合，重现唐代音乐文艺的面貌。不过，就现阶段而言，客观上仍有一些关键问题尚未得到完全的解决。这意味着敦煌曲谱的解译与配辞工作远未结束，也意味着有志者大有奋进的空间。注意到"教坊曲的曲体规范"与"文人依调填辞的曲体规范"之间的差异，关注这种同名异调现象的存在，也是使研究更接近历史本原的一种尝试。

结　论

近代以来，诗歌研究已形成比较成熟的范式，形成作家研究，作品内容、体式、风格研究几个基本模块，这也构成了文学史书写的经典模式。任先生的超卓之处在于研究视野与思路的整体转换："主艺不主文"与"歌辞总体观念"。

首先是"主艺不主文"。"艺"指伎艺，"文"指文本。任先生试图扭转文学研究以文本为中心的路径，把文学看作一种社会活动，联系其功能及艺术表演的背景来展开研究。在他看来，只有这种研究才能揭示各种文学形式得以形成的原理，以及某些文学样式得以繁荣的原因。文学研究常区分"外部研究"与"内部研究"，并认为从文本出发的内部研究方为解决问题的根本路径。但是，对于根植于音乐文艺活动的"词"或者"曲子"，其文体的外部特征是音乐表演形式的反映，决定文体形态的本质因素在于伎艺，若坚持所谓的研究分内部外部，无异于缘木求鱼。这也是贯穿任先生整个唐代音乐文艺研究的最重要学术思路。

其次是"歌辞总体观念"。文体起源是中国古典诗学的核心问题，经典观点可以简要表述为：词乃诗余，曲乃词变。这体现出在发生学的视角下追索诗、词、曲之间联系的尝试。在文本中心的研究里，注意力会自然汇聚于一端：文体特征上的差异。以诗、词之别为例，即齐言为诗、杂言为词，但这个判定标准显然有局限性。任先生非常善于寻找复杂事物间的联系，进而揭示其本质与规律。他拈出诗、词、曲三体的共同属性：皆为歌辞。在"歌辞"概念的统摄下，文本间个别字词增减造成的体式差异不再具有本质分判意义，研究的中心转向探索音乐体裁、伎艺表演形式与辞章文体样式之间联系，进而梳理、建构整个"歌辞系统"发生、演进之过程。

　　研究视野的拓宽也带来资料的扩展。任先生总是把文献整理当作研究工作的前提，资料辑整与理论阐发并行，《唐声诗》之上下两编《理论》与《格调》，就是这种工作方法的体现。任老重视研究资料的完备性，与偏重正史乐志的传统不同，任老的资料汇编往往囊括文人诗文、民间谣谚、佛道语录、金石刻辞、稗史小说乃至域外文献中的一切材料，力图做到一网打尽，无所遗漏。

　　唐声诗研究的意义，在于对音乐文学史上承汉魏六朝、下启宋元的贯通作用："欲求通于我国古典文艺内之歌辞专体者，于唐代声诗之学，终不容不治也。"《唐声诗》的研究对象是唐代燕乐齐言歌辞，在任先生设计的歌辞研究计划中，与唐代燕乐杂言歌辞并立。将"唐声诗"之范围限定在"近体齐言"之内，引起过一些争议。从问题指向上看，《唐声诗》关注的焦点是辨词源，其核心结论是：杂言与齐言两种歌辞实为兄弟关系，二体同时产生，同时并存。因此，对"唐声诗"概念采取严格化定义，可以理解为一种研究策略，目的是将其与杂言歌辞并置，展开对比研究。《唐声诗》的工作方法是先辑成歌辞，次提取曲调，次建立理论，在三者之间抉剔矛盾，互相改正，最终成稿。曲调是把握音乐与文学关系的枢纽，《唐声诗》以之为纲领，考察歌辞体式与音乐因素、表演伎艺间的关联，不但对词起于诗的传统观点提出了挑战，更将词体形成这一学术争议问题提升为对中古音乐文艺的全面探讨。

任先生是一位个性很强的学者，曾说过："要敢于争鸣——枪对枪，刀对刀，两刀相撞，铿然有声。"他反对"唐词"的提法，标举"唐曲子"，反响很大。学者对概念的界定，在某种意义上，是其学术视野、理论体系、研究路径的反映，"唐词"与"唐曲子"之争，可以理解为两种学术视野、研究路径之间的争鸣，都体现出在各自的理论框架下追索、还原历史真相的不懈努力。

任先生的学术是独特的，具有极强的开拓性与前沿性，他广阔的视野与强烈的个性超越了时代和潮流，到今天依然有很强的示范意义。他所开创的"声诗学"与"唐艺学"，也仍然具有蓬勃的生命力。随着音乐、文学两个学科不断向深探进，音乐文学研究更趋细密，也朝着更大的格局提升、拓展，比如对敦煌乐谱的新解译及其与歌辞结合的探讨，又如对域外相关音乐文献的全面整理，在东亚汉文化圈的整体视野内重新观照中国的音乐文艺现象，都体现出音乐文学这一学科丰厚的涵容性与丰足的生长空间。

主要参考文献

任中敏先生论著

任中敏著，金溪辑校《散曲研究》，凤凰出版社，2013。

任中敏编，伍三土校理《名家散曲》，凤凰出版社，2013。

任中敏编著，曹明升点校《散曲丛刊》，凤凰出版社，2013。

任中敏著，李飞跃辑校《词学研究》，凤凰出版社，2013。

任中敏编著，许建中、陈文和点校《新曲苑》，凤凰出版社，2014。

任中敏著，张长彬校理《敦煌曲研究》，凤凰出版社，2013。

任中敏著，樊昕、王立增辑校《唐艺研究》，凤凰出版社，2013。

任中敏著，杨晓霭、肖玉霞校理《唐戏弄》，凤凰出版社，2013。

（唐）崔令钦撰，任中敏笺订，喻意志、吴安宇校理《教坊记笺订》，
　　凤凰出版社，2013。

任中敏编著，王福利校理《优语集》，凤凰出版社，2013。

任中敏著，张之为、戴伟华校理《唐声诗》，凤凰出版社，2013。

任中敏编著，何剑平、张长彬校理《敦煌歌辞总编》，凤凰出版社，
　　2014。

古籍与专著

（唐）段安节撰，亓娟莉校注《乐府杂录校注》，上海古籍出版社，2015。

（唐）段安节:《琵琶录》,《丛书集成续编》本，新文丰出版公司，1988。

（唐）南卓:《羯鼓录》，上海古籍出版社，1988。

（唐）孙棨:《北里志》，载《唐五代笔记小说大观》，上海古籍出版社，2000。

（唐）郑处海:《明皇杂录》，中华书局，1994。

（唐）段成式撰，许逸民校笺《酉阳杂俎校笺》，中华书局，2015。

（唐）杜佑:《通典》，中华书局，1988。

（唐）李林甫等撰，陈仲夫点校《唐六典》，中华书局，1992。

（后蜀）赵崇祚辑，李一氓校《花间集校》，人民文学出版社，2016。

朱祖谋校，蒋哲伦增校《尊前集》，江西人民出版社，1984。

（后晋）刘昫等:《旧唐书》，中华书局，1975。

（五代）王仁裕等撰，丁如明辑校《开元天宝遗事十种》，上海古籍出版社，1985。

（宋）王溥:《唐会要》，中华书局，1955。

（宋）欧阳修、宋祁:《新唐书》，中华书局，1975。

（宋）司马光编著，（元）胡三省音注《资治通鉴》，中华书局，1956。

（宋）李昉等编《太平御览》，中华书局，1960。

（宋）李昉等编《太平广记》，中华书局，1961。

（宋）陈旸:《乐书》，文渊阁四库全书本。

（宋）郭茂倩编《乐府诗集》，中华书局，1979。

（宋）计有功著，王仲镛校笺《唐诗纪事校笺》，中华书局，2007。

（宋）王灼著，岳珍校正《碧鸡漫志校正》，巴蜀书社，2000。

（宋）佚名:《绀珠集》，文渊阁四库全书本。

（宋）晁载之:《续谈助》，王云五主编《丛书集成初编》，商务印书馆，1936。

（宋）沈括撰，胡道静校注《新校正梦溪笔谈》，中华书局，1957。

（元）脱脱:《宋史》，中华书局，1977。

（元）夏庭芝著，孙崇涛、徐宏图笺注《青楼集笺注》，中国戏剧出版社，1990。

（明）胡震亨:《唐音癸签》，古典文学出版社，1957。

（明）胡应麟:《诗薮》，中华书局上海编辑所，1958。

（清）冯金伯辑《词苑萃编》，上海古籍出版社，1995。

（清）彭定求等编《全唐诗》，中华书局，1960。

陈尚君辑校《全唐诗补编》，中华书局，1992。

徐俊纂辑《敦煌诗集残卷辑考》，中华书局，2000。

项楚:《敦煌歌辞总编匡补》，巴蜀书社，2000。

王重民辑《敦煌曲子词集》，商务印书馆，1950。

周泳先校编《唐宋金元词钩沉》，商务印书馆，1937。

林大椿编《唐五代词》，商务印书馆，1933。

张璋、黄畬编《全唐五代词》，上海古籍出版社，1986。

曾昭岷、曹济平、王兆鹏、刘尊明编《全唐五代词》，中华书局，1999。

唐圭璋编纂，王仲文参订，孔凡礼补辑《全宋词》，中华书局，1999。

唐圭璋选释《唐宋词简释》，上海古籍出版社，1981。

任半塘、王昆吾编著《隋唐五代燕乐杂言歌辞集》，巴蜀书社，1990。

〔苏〕孟列夫主编，西北师范大学敦煌学研究所袁席箴，陈华平翻译

《俄藏敦煌汉文写卷叙录》,上海古籍出版社,1999。

俄罗斯科学院东方研究所圣彼得堡分所、俄罗斯科学出版社东方文学部、上海古籍出版社编《俄罗斯科学院东方研究所圣彼得堡分所藏敦煌文献》,上海古籍出版社,1992~2001。

王昆吾:《隋唐五代燕乐杂言歌辞研究》,中华书局,1996。

王昆吾:《唐代酒令与艺术》,东方出版中心,1995。

陈文和、邓杰主编《从二北到半塘——文史学家任中敏》,南京大学出版社,2000。

丘琼荪遗著,隗芾辑补《燕乐探微》,上海古籍出版社,1989。

许之衡:《中国音乐小史》,商务印书馆,1930。

朱谦之:《中国音乐文学史》,商务印书馆,1935。

杨荫浏:《中国古代音乐史稿》,人民音乐出版社,1981。

王光祈:《中国音乐史》,湖南大学出版社,2014。

〔日〕田边尚雄:《中国音乐史》,陈清泉译,商务印书馆,1937。

罗根泽:《乐府文学史》,东方出版社,1996。

王运熙:《乐府诗述论》,上海古籍出版社,2006。

刘尧民:《词与音乐》,云南人民出版社,1982。

施议对:《词与音乐关系研究》,中国社会科学出版社,1985。

胡云翼:《宋词研究》,岳麓书社,2010。

谢桃坊:《中国词学史》,巴蜀书社,2002。

龙榆生:《龙榆生词学论文集》,上海古籍出版社,1997。

吴熊和:《唐宋词通论》,浙江古籍出版社,1989。

吴熊和:《吴熊和词学论集》,杭州大学出版社,1999。

吴相洲:《唐诗创作与歌诗传唱关系研究》,北京大学出版社,2004。

〔日〕岸边成雄:《唐代音乐史的研究》,梁在平、黄志炯译,台湾中华书局，1973。

〔日〕林谦三：《隋唐燕乐调研究》，郭沫若译，商务印书馆，1936。

〔日〕林谦三：《敦煌琵琶谱的解读研究》，潘怀素译，上海音乐出版社，1957。

向达：《唐代长安与西域文明》，生活·读书·新知三联书店，1987。

杨晓霭：《宋代声诗研究》，中华书局，2008。

饶宗颐编《敦煌琵琶谱》，《香港敦煌吐鲁番研究中心丛刊》，新文丰出版股份有限公司，1990。

叶栋：《唐乐古谱译读》，上海音乐出版社，2001。

陈应时：《敦煌乐谱解译辨证》，上海音乐学院出版社，2005。

孙晓辉：《两唐书乐志研究》，上海音乐学院出版社，2005。

毛水清：《唐代乐人考述》，东方出版社，2006。

李剑亮：《唐宋词与唐宋歌妓制度》，杭州大学出版社，1999。

王书奴编著《中国娼妓史》，生活·读书·新知三联书店，1988。

王国维：《观堂集林》，中华书局，1959。

王国维：《王国维经典文存》，上海大学出版社，2003。

胡适：《胡适古典文学研究论集》，上海古籍出版社，2013。

论文

王小盾：《任半塘先生的学术业绩》，《扬州文化研究论丛》2017年第1期。

王小盾：《任半塘、王运熙先生的音乐文献工作》，《中国音乐学》（季刊）1990年第1期。

王小盾、李昌集：《任中敏先生和他所建立的散曲学、唐代文艺学》，《文学遗产》1996年第6期。

王小盾:《进入学术工作的十条经验（上中下）》,《古典文学知识》2014
　　年第1、2、3期。

王小盾:《在文学研究的边缘》,《古典文学知识》1997年第3期。

王小盾:《〈宋代声诗研究〉序》,杨晓霭:《宋代声诗研究》,中华书
　　局,2008。

王小盾:《任中敏先生的〈全宋词〉批注》,《扬州大学学报》（人文社
　　会科学版）1997年第1期。

王小盾:《词的起源及其它》,《中国韵文学刊》1987年总第一期。

王小盾:《从词体形成的条件看词的起源》,《扬州师院学报》（社会科
　　学版）1995年第3期。

胡适:《词的起原》,《胡适古典文学研究论集》上册,上海古籍出版
　　社,2013。

郑振铎:《词的启源》,华东师范大学中文系古典文学研究室编《词学
　　研究论文集（1911–1949)》,上海古籍出版社,1988。

阴法鲁:《关于词的起源问题》,华东师范大学中文系古典文学研究室
　　编《词学研究论文集1949–1979》,上海古籍出版社,1982。

饶宗颐:《"唐词"辨正》,《敦煌曲续论》,新文丰出版股份有限公司,
　　1996。

唐圭璋、金启华:《历代词学研究述略》,《词学》第一辑,华东师范
　　大学出版社,1981。

唐圭璋、潘君昭:《论词的起源》,华东师范大学中文系古典文学研究
　　室编《词学研究论文集1949–1979》,上海古籍出版社,1982。

唐圭璋:《云谣集杂曲子校释》,《国立中央大学文史哲季刊》1943
　　年第1卷第1期。

唐圭璋:《敦煌唐词校释》,《中国文学》1944年第1卷第1期。

卢善焕:《〈敦煌曲校录〉略校》,《敦煌学辑刊》1986年第2期。

徐俊:《唐词、唐曲子及其相关问题——一段敦煌学公案的学术史观照》,季羡林、饶宗颐编《敦煌吐鲁番研究》第7卷,中华书局,2004。

李昌集:《词之起源:一个千年学案的当代反思》,《文学评论》2006年第3期。

黄贤忠:《20世纪词体研究回顾与述评》,《中华文化论坛》2018年第11期。

刘尊明:《敦煌曲子词整理研究的百年历程》,《文献》1999年第1期。

洛地:《"词"之为"词"在其律——关于律词起源的讨论》,《文学评论》1994年第2期。

李定广:《"声诗"概念与李清照〈词论〉"乐府声诗并著"之解读》,《文学遗产》2011年第1期。

柏红秀:《任中敏"唐艺学"六十年之发展及学术价值重估》,《盐城师范学院学报》(人文社会科学版)2010年第3期。

曹明纲:《〈唐声诗〉简介》,《文学遗产》1983年第2期。

明纲:《诗乐的研究和"声诗学"的草创》,《中国社会科学》1984年第1期。

边家珍:《任中敏与〈唐声诗〉》,《光明日报》,2007年11月22日。

陈水云:《任中敏与现代词学研究方法论》,《扬州大学学报》(人文社会科学版)2016年第4期。

王昊:《"敦煌曲"名义和"唐词"论争及其现代学术意义》,《北京大学学报》(哲学社会科学版)2014年第6期。

姚鹏举:《任中敏词学研究的理念及意义》,《南阳师范学院学报》2020年第2期。

黄坤尧:《唐声诗歌词考》,《香港中文大学中文研究所学报》1982 年
　　第 13 卷。

王立增:《歌辞总体观念及其学术意义——兼论"歌辞学"的构建》,
　　《扬州大学学报》(人文社会科学版)2017 年第 6 期。

樊昕:《击扬明其道,幽旨斯得开——记饶宗颐、任半塘二先生关于
　　敦煌歌辞的论争》,《文史知识》2012 年第 4 期。

附录1

俄藏敦煌文献所见唐曲子辞二首

在世界敦煌文献大宗收藏中，苏联所藏最为神秘。直到 20 世纪 60 年代初，第二十五届国际东方学家大会在莫斯科举行，苏联宣布有关敦煌卷子的消息之前，世人甚至都不知道有如此一批数量惊人的珍贵写卷收藏在远东。到 90 年代后，俄藏敦煌文书才开始公开对外刊布。

列宁格勒东方学研究所的敦煌研究组曾于 1963 年和 1967 年出版了前后两卷《苏联科学院亚洲民族研究所藏敦煌汉文写本注记目录》。1999 年上海古籍出版社推出中文译本，更名为《俄罗斯科学院东方研究所圣彼得堡分所藏敦煌汉文写卷叙录》，简称《俄藏敦煌汉文写卷叙录》。这是敦煌文献编目出版的情况。俄藏敦煌文献的全貌一直只有少数学者有缘得见，幸得多方努力，终于由上海古籍出版社陆续出版。1992~2001 年，上海古籍出版社共出版《俄罗斯科学院东方研究所圣彼得堡分所藏敦煌文献》17 册。近年，敦煌诗歌国内亦有整理成果，如徐俊先生的《敦煌诗集残卷辑考》，亦包括俄藏部分。现从俄藏敦煌卷 Дx02153V、Дx01468 辑得曲子辞两首，录考如下。

1.《曲子浪濠（淘）沙》

存辞两句，七言：

一队风来一队香,谁家士女出闺堂。①

　　见俄藏 Дx02153V,在写卷"百行章"的背面。有标题"曲子浪濠沙"及两句残句。诗句第一个字前面,与诗行垂直写有"曲子"二字。②

俄藏 Дx02153V《曲子浪濠沙》

①　俄罗斯科学院东方研究所圣彼得堡分所、俄罗斯科学出版社东方文学部、上海古籍出版社编《俄罗斯科学院东方研究所圣彼得堡分所藏敦煌文献》第 9 册,上海古籍出版社,1998,第 50 页。

②　俄罗斯科学院东方研究所圣彼得堡分所、俄罗斯科学出版社东方文学部、上海古籍出版社编《俄罗斯科学院东方研究所圣彼得堡分所藏敦煌文献》第 9 册,上海古籍出版社,1998,第 50 页。参看〔苏〕孟列夫主编《俄藏敦煌汉文写卷叙录》下册,袁席箴,陈华平译,上海古籍出版社,1999,第 467~468 页。

《浪淘沙》曲名见于崔令钦《教坊记·曲名》。① 郭茂倩《乐府诗集·近代曲辞》收《浪淘沙》十七首，刘禹锡九首、白居易六首、皇甫松二首，皆为七言四句体。其中白居易第一首作：“一泊沙来一泊去，一重浪灭一重生。相搅相淘无歇日，会交山海一时平。”② 又法藏P.3619有七言四句诗，作：“一队风来一队砂，有人行处没人家。阴山入夏仍残雪，溪树经春不见花。”③ 徐俊先生《敦煌诗集残卷辑考》订作者为周朴，题作《塞上曲》。

首二句辞格相近者，还有英藏S.2607《浣溪沙》，作：“一队风去吹黑云，舡车撩乱满江津。浩汗洪波长水面，浪如银。　即问长江来往客，东西南北几时分。一过交人肠欲断，谓行人。”④ 又法藏P.3155《浣溪沙》，作：“一队风来一队尘，万里迢迢不见人。陆上无水受却□，使风行。　斑山不迭跕乌远，早晚到我本乡园。思忆耶娘长服药，应昏晨。”⑤ 二者皆双调杂言体。

2.《曲子还京洛》

见俄藏 Дx01468。原卷为残卷，有标题“曲子还京洛”，存辞十五行：

知道终驱孟勇。势间专。能翻海。解余山。捉鬼不曾闲。见

---

① （唐）崔令钦撰，任中敏笺订，喻意志、吴安宇校理《教坊记笺订》，凤凰出版社，2013，第89页。

② （宋）郭茂倩编《乐府诗集》，中华书局，1979，第1150页。

③ 徐俊纂辑《敦煌诗集残卷辑考》，中华书局，2000，第315页。

④ 按，同卷同体辞“五两竿头风欲平”原题作《浪淘沙》，《全唐五代词》订为《浣溪沙》。曾昭岷、曹济平、王兆鹏、刘尊明编《全唐五代词》下册，中华书局，1999，第844页。

⑤ 按，原卷无题名，《全唐五代词》订为《浣溪沙》。曾昭岷、曹济平、王兆鹏、刘尊明编《全唐五代词》下册，中华书局，1999，第904页。

我手中宝剑。扨辛磨。斫要姜。去邪磨。见鬼了血汫波。者鬼。意如何。争感接来过。小鬼资言大歌。审须听。□□□□（后残）①

俄藏 Дх01468《曲子还京洛》

柴剑虹先生校为："知道终驱猛勇，世间趣。能翻海，解踰山，捉鬼不曾闲。见我手中宝剑，刃新磨。斫妖魅，去邪魔，……见鬼了，血汫波。这鬼意如何？怎敢接来过？小鬼子，言大歌。审须听……"②

《还京洛》疑即《还京乐》。《还京乐》见载于《教坊记·曲名》，③为唐教坊曲名。乐曲来源有二说。《乐府杂录》《还京乐》条

---

① 俄罗斯科学院东方研究所圣彼得堡分所、俄罗斯科学出版社东方文学部、上海古籍出版社编《俄罗斯科学院东方研究所圣彼得堡分所藏敦煌文献》第8册，上海古籍出版社，1997，第195页。

② 柴剑虹：《敦煌写卷中的〈曲子还京洛〉及其句式》，《文学遗产》1985年第1期。

③ （唐）崔令钦撰，任中敏笺订，喻意志、吴安宇校理《教坊记笺订》，凤凰出版社，2013，第82页。

曰:"明皇自西蜀反,乐人张野狐所制。"① 按其说,创调时间在安史之乱后。《新唐书》则云:"是时,民间以帝自潞州还京师,举兵夜半诛韦皇后,制《夜半乐》《还京乐》二曲。"② 若然,创调当在李隆基诛韦后之景云元年。《文苑英华》录窦常《还京乐歌词》:"百战初休十万师,国人西望翠华时。家家尽唱升平曲,帝幸梨园亲制词。"③ 全唐诗录之。④ 按窦常歌辞所叙,其曲当创作于安史之乱后,玄宗返京之际。敦煌曲子《还京洛》内容为斩除妖魔,柴剑虹先生认为乃傩舞唱词,可参。⑤

宋代词调亦有《还京乐》。《词谱》云:"《还京乐》:唐教坊曲名。……宋词盖借旧曲名,另翻新声也。"⑥ 并录《还京乐》周邦彦等宋人作品六体,皆杂言双调。

① (唐)段安节撰,亓娟莉校注《乐府杂录校注》,上海古籍出版社,2015,第135页。

② (宋)欧阳修、宋祁:《新唐书》,中华书局,1975,第476页。

③ (宋)李昉等编《文苑英华》,文渊阁四库全书本,台湾商务印书馆影印,第1334册,1983,第492页。

④ (清)彭定求等编《全唐诗》,中华书局,1960,第3034页。

⑤ 柴剑虹:《敦煌写卷中的〈曲子还京洛〉及其句式》,《文学遗产》1985年第1期。

⑥ (清)陈廷敬、王奕清等纂,蔡国强考正《钦定词谱考正》,华东师范大学出版社,2017,第1098页。

附录2

群书所见《乐府杂录》引文十二条辑考

段安节《乐府杂录》全书三十八条，以类相从，分乐部，歌、舞、俳优，乐器，乐曲，傀儡，《别乐识五音轮二十八调图》。其内容涉及各乐部制度，以及乐器、乐曲、歌舞、杂戏之源流等问题，记载了著名乐工艺人的逸事，无论是在音乐研究的专门领域，或者与音乐相关的文学研究领域，都有重要的参考价值。

一 《乐府杂录》概况

《乐府杂录》作者唐段安节，生平事迹未详，据《乐府杂录·序》落款"朝议大夫守国子司业上柱国赐紫金鱼袋段安节撰"，[1]又《太平广记》引《南楚新闻》云："太常卿段成式，相国文昌子也……子安节，前沂王傅，乃（温）庭筠婿也，自说之。"[2]《新唐书》载："（段成式）子安节，乾宁中，为国子司业。善乐律，能自度曲云。"[3]可知段安节为段成式之子，段文昌之孙，温庭筠之婿，乾宁年中曾任国子司业。

---

① （唐）段安节撰，亓娟莉校注《乐府杂录校注》，上海古籍出版社，2015，第1页。

② （宋）李昉等编《太平广记》，中华书局，1961，第2782页。

③ （宋）欧阳修、宋祁：《新唐书》，中华书局，1975，第3764页。

至于《乐府杂录》成书的时间，《四库提要》言："书中称僖宗幸蜀，又《序》称'洎从离乱，礼寺隳颓，簨虡既移，警鼓莫辨'，是成于唐末矣。"① 又《新唐书》载其任国子司业在乾宁年中，因此《乐府杂录》成书的时间不会早于乾宁元年（894）。

《乐府杂录》，《新唐书·艺文志》《崇文总目》《郡斋读书志》《宋史·艺文志》均有载录，《新唐书·艺文志》《崇文总目》《郡斋读书志》均作一卷，与今本同，唯《宋史·艺文志》作二卷，《四库提要》认为云其乃传写之误。②

《乐府杂录》是研究唐代音乐文化的重要参考资料。段安节《乐府杂录·序》自叙著述动机云："安节以幼少即好音律，故得粗晓宫商。亦以闻见数多，稍能记忆。尝见《教坊记》，亦未周详。以耳目所接，编成《乐府杂录》一卷。自念浅拙，聊且直书，以俟博闻者之补兹漏焉。"③ 其书名曰"杂录"，内容亦颇杂驳。全书共三十八条，以类相从，分六大类：属乐部九条，有雅乐部、云韶部、清乐部、鼓吹部、驱傩部、熊罴部、鼓架部、龟兹部、胡部；属歌、舞、俳优三条，分别叙歌、舞和俳优；属乐器十三条，为琵琶、筝、箜篌、笙、笛、觱篥、五弦、方响、琴、阮咸、羯鼓、鼓和拍板；属乐曲十一条，有《安公子》《黄骢叠》《离别难》《夜半乐》《雨霖铃》《康老子》《文叙子》《望江南》《杨柳枝》《倾杯乐》《道调子》；属傀儡一条，为《傀儡子》；书末附《别乐识五音轮二十八调图》，图已佚，

① （清）永瑢等：《四库全书总目》，中华书局，2003，第972页。
② 《四库全书总目》："《宋史·艺文志》则作二卷，然《崇文总目》实作一卷，不应《宋史》顿增，知'二'字为传写误也。"（清）永瑢等：《四库全书总目》，中华书局，2003，第972页。
③ （唐）段安节撰，亓娟莉校注《乐府杂录校注》，上海古籍出版社，2015，第1页。

仅存文字。

史载段文昌"布素之时,所向不偶。及其达也,扬历显重,出入将相,泊二十年。其服饰玩好、歌童妓女,苟悦于心,无所爱惜,乃至奢侈过度,物议贬之。"[1]段安节本人亦是"善乐律,能自度曲",兼之担任国子司业,能参与宫廷祭酒等与音乐相关的活动,因此,其"以耳目所接"写成的《乐府杂录》,弥足珍贵。

《乐府杂录》历代刊行的版本主要有:《类说》本、《说郛》本、《古今说海》本、《古今逸史》本、《百川学海》本、《续百川学海》本、《五朝小说大观》本、《古今图书集成》本、《学海类编》本、《四库全书》本、《墨海金壶》本、《守山阁丛书》本、《唐人说荟》本、《湖北先正遗书》本、《增补曲苑》本、《丛书集成初编》本。[2]诸本中以钱熙祚编《守山阁丛书》本较佳,后出者多以之为底本,参校各本而成。新中国成立后,《乐府杂录》整理出版的成果主要有《中国文学参考资料小丛书》收录本(1957年上海古典文学出版社据《守山阁丛书》本排印),《中国古典戏曲论著集成》收录本(1959年中国戏曲研究院编,中国戏剧出版社出版),以及近年亓娟莉《乐府杂录校注》(2015年上海古籍出版社出版)。

二 群书所见《乐府杂录》引文辑考

今本《乐府杂录》一卷,共收文三十八条。整理者已在此基础上做了一些辑补,但仍有散见于各书的引文,或确为佚文,或为误收,今共辑得十二条,拟作初步的考订与整理。

---

[1] (后晋)刘昫等:《旧唐书》,中华书局,1975,第4369页。

[2] 部分资料参见中国艺术研究院音乐研究所资料室编《中国音乐书谱志》,人民文学出版社,1994,第11页。

1.《何满子》条（一作《河满子》）
王灼《碧鸡漫志》录：

    《乐府杂录》云："灵武刺史李灵曜置酒，坐客姓骆，唱《何满子》，皆称妙绝。白秀才者曰：'家有声妓，歌此曲音调不同。'召至令歌，发声清越，殆非常音。骆遽问曰：'莫是宫中胡二子否？'妓熟视曰：'君岂梨园骆供奉邪？'相对泣下。皆明皇时人也。"[①]

《绀珠集》卷五录：

    《乐府杂录》："《河满子》：白秀才者得一宫人，善歌。因游灵武，刺史李灵曜设筵，座中有客姓骆，唱《河满子》，皆称妙绝。白曰：'家有声妓，能歌此曲，音调殊不同。'乃至，令歌。发声清越，殆非常音。骆遽问曰：'莫是宫中胡二子否？'妓熟视曰：'君岂非梨园骆供奉耶？'相对为之泣下。皆明皇时人也。"[②]

此条又见于晁载之《续谈助》引《琵琶录》：

    有举子白秀才，寓止京师，宫娃内弟子出在民间，白即纳一妓焉。跨驴之洛，风清月白，是丽人忽唱新声，白惊，遂不复唱。逾年游灵武，季灵耀（李灵曜）尚书广场设筵，白预坐末。

---

① （宋）王灼著，岳珍校正《碧鸡漫志校正》，巴蜀书社，2000，第103~104页。
② 佚名：《绀珠集》卷5，文渊阁四库全书本，台湾商务印书馆影印，1986，第30页。

广张妓乐，至《河满子》，四坐倾听，俱称绝妙。唯白秀才无言，近座诘之，曰："某有一妓人，声调殊异于此。"廉问知之，促召至，则澹服薄妆，态度闲雅，发问曰："适唱者何曲？"曰："《河满子》。"遂品调举袂发声，清响激越，诸乐辈不能过之。疑有一面，琵琶声高下拢抑撚揭，曼节拍无差。遂问曰："莫是宫中胡二姊否？"胡复问曰："莫是梨园骆供奉无？"二人相对欷歔泣下。①

曾慥《类说》亦见此条节文，谓出自《琵琶录》"宫中胡二姐"：

有白秀才纳一妓，乃宫娃。忽唱新声，白惊，遂不复唱。后游灵武，李灵曜尚书席上，有客唱《河满子》，四座称妙。白曰："某有妓，声调殊异于此。"召至，则淡服闲雅，品调激越。客曰："莫是宫中胡二姐否？"胡曰："莫是梨园骆供奉乎？"相对泣下。②

陈振孙《直斋书录解题》录有段安节《琵琶故事》一卷，疑即《琵琶录》。③赵希弁《郡斋读书后志》卷一亦录《琵琶故事》一卷。④

---

① （宋）晁载之：《续谈助》，载王云五主编《丛书集成初编》，商务印书馆，1936，第17页。
② （宋）曾慥编纂，王汝涛等校注《类说校注》，福建人民出版社，1996，第404页。
③ （宋）陈振孙撰，徐小蛮、顾美华点校《直斋书录解题》，上海古籍出版社，1987，第402页。
④ （宋）赵希弁：《郡斋读书后志》卷1，文渊阁四库全书本，台湾商务印书馆影印，1983，第8页。

至于《琵琶录》与《乐府杂录》关系，虽然丘琼荪《燕乐探微》认为："按今本《杂录》，亦有题作《琵琶录》者。古人所引《琵琶录》之文，往往见于《杂录》中，惟时有繁简之差，究竟今本《杂录》是否为《琵琶录》，或《杂录》中有《琵琶录》羼入，则不暇深考。"[1] 不过学界基本认可《琵琶录》乃《乐府杂录》之节选本。

比较传世的《琵琶录》与《乐府杂录》二书，《琵琶录》基本同于《乐府杂录》之《琵琶》一节，内部条目之排序亦一致，都是先对琵琶进行概要介绍，再历叙诸位琵琶乐手之事迹。二书文字，差异较大的主要在开篇对琵琶这一乐器进行概述的部分，以及"胡二姊骆供奉"一段。

《琵琶录》概述部分作：

> 琵琶法三才，象四时。《风俗通》云："琵琶近代乐家作，不知所起。长三尺五寸，法天地人五行，四弦象四时，释名琵琶。"本胡中马上所鼓，吹手前曰琵，引手却曰琶，因以为名。汉遣乌孙公主入蕃，念其行速思慕本朝，使知名者马上奏琵琶以慰悦之。琵琶有直项曲项者，盖便于关轴也。《乐录》云："琵琶本出于弦鼗。"而杜挚以为秦之末，世苦于长城之役，百姓弦鼗而鼓之。古曲《陌上桑》间，范晔、石苞、谢变（当作"奕"）、孙放、孔伟、阮咸，皆善此乐。东晋谢镇西在大市楼上弹琵琶，作大道之曲。《世说》云："谢仁祖在北牖下弹琵琶，有天际之意。"又朱生善弹琵琶，至大官。贞观中，裴略儿弹琵琶始废拨用手，今所谓搊琵琶是也。白秀真使蜀便回，得琵琶以献。以逤逻檀为

---

[1]　丘琼荪遗著，隗芾辑补《燕乐探微》，上海古籍出版社，1989，第243页。

槽，其木温润如玉，光采可鉴，金缕之虹，又饰之成双凤。贵妃
每奏于梨园，音韵凄清，飘若雪外。开元中，梨园则有骆供奉、
贺怀智、雷海清，其乐器或以石为槽，鹍鸡筋作弦，用铁拨弹
之。安史之乱，流落外地。①

今本《乐府杂录》则作：

（琵琶）始自乌孙公主造，马上弹之。有直项者、曲项者。
曲项盖便于急关中也。古曲有《陌上桑》，范晔、石崇、谢奕，
皆善此乐也。开元中，有贺怀智，其乐器以石为槽，鹍鸡筋作
弦，用铁拨弹之。②

今本《乐府杂录》在上文之概述后，即接"贞元中，有康昆仑，
琵琶号为第一手"一段文字。而《琵琶录》在"其乐器或以石为槽，
鹍鸡筋作弦，用铁拨弹之。安史之乱，流落外地"后、"康昆仑"条
前，见有"胡二姐骆供奉"一段文字。

"胡二姐骆供奉"一段是否《乐府杂录》脱简？有几个证据可以
帮助说明。

早在宋代，《乐府杂录》与《琵琶录》两个书名即已混用。宋诸
书引述《琵琶录》当中之文字，常又见于《乐府杂录》，此无须赘
言。值得注意的是，在同一部书中，亦有将二名交错杂用之情况，

---

① （唐）段安节:《琵琶录》，载王德毅等编《丛书集成续编》，新文丰出版股份有
　限公司，1988，第102册，第291页。
② （唐）段安节撰，亓娟莉校注《乐府杂录校注》，上海古籍出版社，2015，第
　76页。

最突出的是《碧鸡漫志》。《碧鸡漫志》内引《乐府杂录》共五处，见下：

　　《乐府杂录》称：炀帝将幸江都，乐工王令言者，妙达音律。其子弹胡琵琶作《安公子》曲，令言惊问："那得此？"对曰："宫中新翻。"令言流涕曰："慎毋从行。宫，君也。宫声往而不返，大驾不复回矣。"（《安公子》条）①

　　《乐府杂录》云："明皇自潞州入平内难，半夜斩长乐门关，领兵入宫。后撰《夜半乐》曲。"（《夜半乐》条）②

　　《乐府杂录》云："灵武刺史李灵曜置酒……"（《何满子》条）③

　　《乐府杂录》云：李卫公为亡妓谢秋娘撰《望江南》，亦名《梦江南》。（《望江南》条）④

　　《乐府杂录》云：白傅作《杨柳枝》。（《杨柳枝》条）⑤

　　上述五条中，除《何满子》条（即《琵琶录》所见"胡二姊骆供奉"条），均见于今本《乐府杂录》。

　　同时，《碧鸡漫志》在《琵琶录》之名下，又引两条：

　　段安节《琵琶录》云："《绿腰》，本《录要》也，乐工进曲，

---

① （宋）王灼著，岳珍校正《碧鸡漫志校正》，巴蜀书社，2000，第95页。
② （宋）王灼著，岳珍校正《碧鸡漫志校正》，巴蜀书社，2000，第102页。
③ （宋）王灼著，岳珍校正《碧鸡漫志校正》，巴蜀书社，2000，第103页。
④ （宋）王灼著，岳珍校正《碧鸡漫志校正》，巴蜀书社，2000，第121页。
⑤ （宋）王灼著，岳珍校正《碧鸡漫志校正》，巴蜀书社，2000，第132页。

上令录其要者。"(《六么》条)①

《琵琶录》又云:"贞元中,康昆仑琵琶第一手,两市祈雨斗声乐,昆仑登东彩楼,弹新翻羽调《绿腰》,必谓无敌。曲罢,西市楼上出一女郎,抱乐器云:'我亦弹此曲,兼移在枫香调中。'下拨声如雷,绝妙入神。昆仑拜请为师。女郎更衣出,乃僧善本,俗姓段。"(《六么》条)②

此二条亦见于今本《乐府杂录》。

很明显,《碧鸡漫志》所引的《乐府杂录》《琵琶记》乃是同一部书的不同名称。而且按其所引,"胡二姊骆供奉"之引文,是明确出自《乐府杂录》的。这是比较有力的证据。

除此之外,还有一些旁证。文字表述上,《乐府杂录》书内,述乐器者,有琵琶、筝、箜篌、笙、笛、觱篥、五弦、方响、琴、阮咸、羯鼓、鼓、拍板诸条。前部分的几个乐器,如筝、箜篌、笙、笛、觱篥,开篇时均有明确点出乐器之名,并述其来源:"筝者,蒙恬所造也。"③"箜篌乃郑卫之音,权舆也。"④"笙者,女娲造也。"⑤"笛者,

---

① (宋)王灼著,岳珍校正《碧鸡漫志校正》,巴蜀书社,2000,第85页。
② (宋)王灼著,岳珍校正《碧鸡漫志校正》,巴蜀书社,2000,第85页。
③ (唐)段安节撰,亓娟莉校注《乐府杂录校注》,上海古籍出版社,2015,第93页。
④ (唐)段安节撰,亓娟莉校注《乐府杂录校注》,上海古籍出版社,2015,第95页。
⑤ (唐)段安节撰,亓娟莉校注《乐府杂录校注》,上海古籍出版社,2015,第99页。

羌乐也。"① "觱篥者,本龟兹国乐也。"② 可见其存在比较固定的论述模式。而"琵琶"条中,《琵琶录》以"琵琶法三才,象四时"起篇,明确点出乐器之名称,《乐府杂录》则直云"始自乌孙公主造"。相比之下,《琵琶录》更符合其书行文表述的习惯,而今本《乐府杂录》似有删改的痕迹。

又者,《琵琶录》从"琵琶法三才,象四时"至"胡二姊骆供奉",文字前后呼应,逻辑顺畅:概述琵琶之历史、形制部分,引出"骆供奉",其后即接续以胡二姊与骆供奉之故事。从其叙述逻辑看,其书历叙各代琵琶名手,大略以时间为序,盛唐叙骆供奉、中唐则康昆仑等,亦甚自洽。

据上种种,综合来看,《琵琶录》中所见"胡二姊骆供奉"一段确为今本《乐府杂录》之脱简,应据补。

2. 阮咸条

《玉海》卷一一○《音乐·乐器》录:

> 按唐段安节《乐府杂录》云:"阮咸所造月琴,谓之阮咸。"③

今本《乐府杂录》"阮咸"条全文作:"大中初,有待诏张隐耸者,其妙绝伦。蜀郡亦多能者。"④ 如上所述,《乐府杂录》叙乐器时,

---

① (唐)段安节撰,亓娟莉校注《乐府杂录校注》,上海古籍出版社,2015,第101页。

② (唐)段安节撰,亓娟莉校注《乐府杂录校注》,上海古籍出版社,2015,第104页。

③ (宋)王应麟辑《玉海》,广陵书社,2003,第2015页。

④ (唐)段安节撰,亓娟莉校注《乐府杂录校注》,上海古籍出版社,2015,第120页。

往往先述其起源体制,再述乐人。疑今本《杂录》"阮咸"条有脱漏,或经过删改。

3.《如意娘》条

《近事会元》卷四:

> 《如意娘》,《乐府杂录》云:"唐则天撰之。"①

今本《乐府杂录》未见《如意娘》条。宋郭茂倩《乐府诗集》卷八十《如意娘》解题引《乐苑》亦云:"《如意娘》,商调曲。唐则天皇后所作也。"②此条是否《杂录》脱文,俟考。

4.《君臣相遇乐》条

《近事会元》卷四:

> 《君臣相遇乐》,《乐府(杂)录》云:"唐明皇天宝中,命谭净眼等撰。"③

今本《乐府杂录》未见"君臣相遇乐"条。《新唐书·礼乐志》云:"太常卿韦绦制《景云》《九真》《紫极》《小长寿》《承天》《顺天乐》六曲,又制商调《君臣相遇乐》曲。"④二书所记《君臣相遇乐》制乐者不同,历代文献基本依韦绦之说。此条是否《杂录》脱文,俟考。

---

① (宋)李上交:《近事会元》中华书局,1991,第44页。
② (宋)郭茂倩编《乐府诗集》,中华书局,1979,第1138页。
③ (宋)李上交:《近事会元》,中华书局,1991,第44页。
④ (宋)欧阳修、宋祁:《新唐书》,中华书局,1975,第476页。

5.《踏摇娘》条（一作《踏谣娘》）

《太平御览》卷五七三《乐部十一·歌四》：

　　《乐府杂录》曰："踏摇娘者，生于隋末。河内有人丑儿而好酒，常自号郎中，醉归必殴其妻。妻色美善歌，乃自歌为怨苦之词。河朔演其曲而被之管弦，因写其夫妻之容，妻悲诉，每摇其身，故号《踏摇娘》。近代优人颇改其制度，非旧旨也。"①

　　此条文字早见于《通典》："踏摇娘生于隋末。河内有人丑貌而好酒，常自号郎中，醉归必殴其妻。妻美色善自歌，乃歌为怨苦之词。河朔演其曲而被之管弦，因写其妻之容。妻悲诉，每摇其身，故号'踏摇'云。近代优人颇改其制度，非旧旨也。"②

　　又《教坊记》亦记载踏谣娘故事："《踏谣娘》：北齐有人姓苏，鮑鼻。实不仕，而自号为'郎中'。嗜饮，酗酒，每醉辄殴其妻。妻衔怨，诉于邻里。时人弄之：丈夫着妇人衣，徐步入场行歌。每一叠，旁人齐声和之，云：'踏谣，和来！踏谣娘苦！和来！'以其且步且歌，故谓之'踏谣'；以其称冤，故言'苦'。及其夫至，则作殴斗之状，以为笑乐。今则妇人为之，遂不呼'郎中'，但云'阿叔子'；调弄又加典库，全失旧旨。或呼为《谈容娘》，又非。"③

　　《乐府杂录》之撰著，旨在"见《教坊记》亦未周详，以耳目所接，编成《乐府杂录》一卷……以俟博闻之者补兹漏焉"，《教坊记》

---

① （宋）李昉等编《太平御览》，中华书局，1960，第 2587 页。
② （唐）杜佑：《通典》，中华书局，1988，第 3729~3730 页。
③ （唐）崔令钦撰，任中敏笺订，喻意志、吴安宇校理《教坊记笺订》，凤凰出版社，2013，第 170~171 页。

所述《踏摇娘》已甚详备,《太平御览》所引并无过《教坊记》者,与段安节"之补兹漏"之旨相抵牾。而且《御览》所引文字与《通典》相似度甚高。据上两点,可确认其为误引。

6.《达摩(磨)支》条

《乐府诗集》卷八〇:

> 《乐府杂录》曰:"《达磨支》,健舞曲也。"[1]

又明彭大翼《山堂肆考》卷一五九:"《乐府杂录》:'舞者,乐之容,有大垂手、小垂手,或象惊鸿,或如飞燕。有字舞,以舞人亚身于地布成字也。有花舞,着绿衣偃身合成花字也。有马舞,拢马人着彩衣执鞭于床上舞蹀躞,蹄皆应节奏也。又有《回波乐》《春莺啭》《乌夜啼》之属,谓之软舞。《柘枝》《大凉州》《达摩枝》之属,谓之健舞。'"[2]另清何琇《樵香小记》卷下:"考段安节《乐府杂录》载,舞曲有《达摩支》。"[3]清编撰之《御定佩文韵府》卷四之一:"《乐府杂录》:'《达摩支》,健舞曲也。'"[4]

今本《乐府杂录·舞》作:"舞者,乐之容也。有大垂手、小垂手,或象惊鸿,或如飞燕。婆娑,舞态也;蔓延,舞缀也。古之能者,不可胜记。即有健舞、软舞、字舞、花舞、马舞。健舞曲有《火祆》《阿连》《柘枝》《剑器》《胡旋》《胡腾》。软舞曲有《凉州》《绿

① (宋)郭茂倩编《乐府诗集》,中华书局,1979,第 1137 页。

② (明)彭大翼辑《彭大翼辑词话》,载邓子勉编《明词话全编》,凤凰出版社,2012,第 3224 页。

③ (清)何琇:《樵香小记》,载王云五主编《丛书集成初编》,中华书局,1985,第 26 页。

④ (清)张玉书等编《御定佩文韵府》,文渊阁四库全书本。

腰》《苏合香》《屈柘》《团圆旋》《甘州》等。"①原文罗列的健舞中，并未提及《达摩支》。

　　参考《教坊记》所载："《垂手罗》《回波乐》《兰陵王》《春莺啭》《半社渠》《借席》《乌夜啼》之属，谓之软舞。《阿辽》《柘枝》《黄麞》《拂林》《大渭州》《达摩支》之属，谓之健舞。"②《达摩支》确为唐健舞之一种。不过，《乐府诗集》中的引文，是否为《乐府杂录》之脱文？

　　从曲调名称的变化看，《唐会要》卷三三记载："天宝十三载，……《达摩支》改为《泛兰丛》。"③故成书于盛唐的《教坊记》称此曲《达摩支》，而成书于中晚唐的《乐苑》，④已称其《泛兰丛》，见《乐府诗集》引《乐苑》："《泛兰丛》，羽调曲。又有《急泛兰丛》。"⑤据此推测，成书于乾宁之后的《乐府杂录》若提及此曲，亦当以《泛兰丛》称之。

　　从文献引录的情况看，宋代陈旸《乐书》卷一八二《健舞》云："唐教坊乐《垂手罗》《回波乐》《兰陵王》《春莺啭》《半社渠》《借席》《乌夜啼》之属，谓之软舞。《阿辽》《柘枝》《黄麞》《拂筷》《大渭州》《达摩支》之属，谓之健舞。故健舞曲有《火袄》《阿辽》《柘枝》《剑器》《胡旋》《胡腾》。软舞有《梁州》《苏合香》《掘柘枝》

---

① （唐）段安节撰，亓娟莉校注《乐府杂录校注》，上海古籍出版社，2015，第59、61页。

② （唐）崔令钦撰，任中敏笺订，喻意志、吴安宇校理《教坊记笺订》，凤凰出版社，2013，第53页。

③ （宋）王溥：《唐会要》，中华书局，1955，第616页。

④ 《乐苑》之成书时间，据喻意志《〈乐府诗集〉成书研究》，上海师范大学博士学位论文，2002。

⑤ （宋）郭茂倩编《乐府诗集》，中华书局，1979，第1137页。

《团乱旋》《甘州》焉。"①从其所罗列乐曲之名称次序可以看出，"故健舞曲"之前的部分抄自《教坊记》，之后的部分抄自《乐府杂录》，而《杂录》部分，未见《达摩支》。

按《乐府诗集》卷五三《舞曲歌辞·杂舞》曰："开元中，又有《凉州》《绿腰》《苏合香》《屈柘枝》《团乱旋》《甘州》《回波乐》《兰陵王》《春莺啭》《半社渠》《借席》《乌夜啼》之属，②谓之软舞。《大祁》《阿连》《剑器》《胡旋》《胡腾》《阿辽》《柘枝》《黄麞》《拂菻》《大渭州》《达磨支》之属，谓之健舞。"③此段文字显然是对《教坊记》《乐府杂录》二书的相关记载进行了整合。《阿连》《阿辽》当是同曲，"连""辽"形近而讹，郭茂倩未辨之。由此推测，《乐府诗集》卷八〇所引《乐府杂录》云"《达磨支》，健舞曲也"，乃是混淆了《教坊记》与《杂录》二书所致，而明清诸家又沿郭氏之误。

7.《柘枝》条

任渊注黄庭坚《次韵任道食荔枝有感三首》（其三）：

"舞女"亦谓《柘枝》。《乐府杂录》曰："《柘枝》舞因曲为名，用二女儿，帽施金铃，抃转有声。"④

今本《乐府杂录·舞》："健舞曲有《火袄》《阿连》《柘枝》《剑气》《胡旋》《胡腾》，软舞曲有《凉州》《绿腰》《苏合香》《屈柘》

---

① （宋）陈旸：《乐书》，文渊阁四库全书本。
② 原书将《借席》《乌夜啼》误作一曲，径改之。
③ （宋）郭茂倩编《乐府诗集》，中华书局，1979，第767页。
④ （宋）黄庭坚著，（宋）任渊、（宋）史容、（宋）史季温注《山谷诗集注》，上海古籍出版社，2003，第331~332页。

《团圆旋》《甘州》等。"①有《柘枝》舞之名，但不见其舞容记载。

《乐府诗集》引《乐苑》曰："羽调有《柘枝》曲，商调有《屈柘枝》。此舞因曲为名，用二女童，帽施金铃，抃转有声。其来也，于二莲花中藏，花坼而后见，对舞相占，实舞中雅妙者也。"②《太平御览》卷五七四《乐部十二》、《说郛》卷一〇〇、《山堂肆考》卷一五九《乐》都见引《乐苑》此条。任渊《山谷诗集注》所引应是本自《乐苑》，非《乐府杂录》。

8. 贺若夷条

《通雅》卷三〇：

《乐府杂录》曰："贺若夷令人琴，而自以瑟合之。"③

今本《乐府杂录·琴》有提及贺若夷："太和中，有贺若夷尤能，后为侍诏，对文宗弹一调，上嘉赏之，仍赐朱衣，至今为《赐绯调》。"④贺若夷之记载另见《新唐书》卷一七九："（王涯）别墅有佳木流泉，居常书史自怡，使客贺若夷鼓琴娱宾。"⑤按《乐府杂录》此条以琴为中心，《通雅》所引又杂记瑟，似是而非。查程大昌《演繁露续集》卷六引《杂录》云："瑟中有贺若，乃文宗时贺若夷，善

① （唐）段安节撰，亓娟莉校注《乐府杂录校注》，上海古籍出版社，2015，第61页。
② （宋）郭茂倩编《乐府诗集》，中华书局，1979，第818页。
③ （明）方以智：《通雅》，中国书店，1990，第363页。
④ （唐）段安节撰，亓娟莉校注《乐府杂录校注》，上海古籍出版社，2015，第117页。
⑤ （宋）欧阳修、宋祁：《新唐书》，中华书局，1975，第5319页。

琴也。"① "瑟中有贺若","瑟"当为"琴"之误。《通雅》所引当源出《演繁露续集》。

9. 角抵之戏条

程师恭注陈维崧《储太翁九十征诗启》:

> 《乐府杂录》:"角抵之戏,六国时所造。"②

《太平御览》卷七五五《工艺部十二·角抵》:"《汉武故事》曰:'未央庭中设角抵戏。角抵者,六国所造也。秦并天下,兼而增广之。汉兴,虽罢,然犹不都绝。至上复采用之,并四夷之乐,杂以奇幻,有若鬼神。角抵者,使角力相抵触也。'"③ 宋高承《事物纪原》卷九《博弈嬉戏部第四十八》又引《汉武故事》曰:"角抵,昔六国所造。"④ 程注应系误引。

10. 张永《元嘉技录》条

朱鹤龄注李商隐《拟意》:

> 《乐府杂录》:"张永《元嘉技录》有吟叹四曲,一曰《楚妃叹》。"⑤

---

① (宋)程大昌撰,许逸民校证《演繁露校证》,中华书局,2018,第1503页。
② (清)陈维崧撰,(清)程师恭注《陈检讨四六》,文渊阁四库全书本。
③ (宋)李昉等编《太平御览》,中华书局,1960,第3352页。
④ (宋)高承撰,(明)李果订,金圆、许沛藻点校《事物纪原》,中华书局,1989,第492页。
⑤ (唐)李商隐著,(清)朱鹤龄笺注,田松青点校《李商隐诗集》,上海古籍出版社,2015,第348~349页。

按《乐府诗集》卷二九引《古今乐录》曰："张永《元嘉技录》有吟叹四曲，一曰《大雅吟》，二曰《王明君》，三曰《楚妃叹》，四曰《王子乔》。"[1]朱注当为误引。

11. 黄幡绰条

《御定渊鉴类函》卷一八四《乐部一》：

> 知止趋，辨得失：《乐府杂录》："唐乐工黄幡绰，上尝使人召之，不时至，上怒，络绎遣使捕逮。绰既至，闻上理鼓，固止谒者勿报。移时，上改奏一曲，才数十声，绰即趋入。上谓曰：'赖少迟，否则必挞之。'绰拜谢讫。内官有偶笑语者。上诘之，具言绰止趋状。上问绰，绰语其方怒及解怒之际，皆无少差。"[2]

此段实出南卓《羯鼓录》："黄幡绰亦知音，上尝使人召之，不时至，上怒，络绎遣使寻捕。绰既至，及殿侧，闻上理鼓，固止谒者不令报。俄顷上又问侍官：'奴来未？'绰又止之。曲罢后，改奏一曲，才三数十声，绰即走入。上问：'何处去来？'曰：'有亲故远适，送至郊外。'上颔之。鼓毕，上谓曰：'赖稍迟，我向来怒时，至必挞焉。适方思之，长入供奉，已五十余日，暂一日出外，不可不放他东西过往。'绰拜谢讫。内官有相偶语笑者。上诘之，具言绰寻至，听鼓声，候时以入。上问绰。绰语其方怒及解怒之际，皆无少差。"[3]

---

[1] （宋）郭茂倩编《乐府诗集》，中华书局，1979，第424页。

[2] （清）张英、王士祯等编《御定渊鉴类函》，文渊阁四库全书本，台湾商务印书馆影印。

[3] （唐）南卓：《羯鼓录》，上海古籍出版社，1988，第5~6页。

12. 阴康始教民舞条

《御定渊鉴类函》卷一八六《乐部三》:

> 帝俊始,阴康教:《乐府杂录》:"昔有阴康,始教民舞。"[1]

按此条实出自崔令钦《教坊记序》:"昔阴康氏之王也,元气肇分,灾沴未殄;水有襄陵之变,人多肿腿之疾。思所以通利关节,于是制舞。"[2]

段安节《乐府杂录》是一本重要的古代音乐文献资料,本文对其散见于历代古籍的引文十二条进行考订,去伪存真,希望有助于研究者对此书的进一步开发利用。

---

[1] (清)张英、王士禛等编《御定渊鉴类函》,文渊阁四库全书本,台湾商务印书馆影印。

[2] (唐)崔令钦撰,任中敏笺订,喻意志、吴安宇校理《教坊记笺订》,凤凰出版社,2013,第33页。

图书在版编目（CIP）数据

融通与建构：《唐声诗》研究 / 张之为著 . -- 北
京：社会科学文献出版社，2022.6（2023.9 重印）
ISBN 978-7-5228-0406-4

Ⅰ. ①融… Ⅱ. ①张… Ⅲ. ①唐诗－诗歌研究 Ⅳ.
① I207.227.42

中国版本图书馆 CIP 数据核字（2022）第 118005 号

融通与建构：《唐声诗》研究

著　　者 / 张之为

出 版 人 / 冀祥德
责任编辑 / 李建廷　范　迎
责任印制 / 王京美

出　　版 / 社会科学文献出版社·人文分社（010）59367215
　　　　　　地址：北京市北三环中路甲 29 号院华龙大厦　邮编：100029
　　　　　　网址：www.ssap.com.cn
发　　行 / 社会科学文献出版社（010）59367028
印　　装 / 北京虎彩文化传播有限公司

规　　格 / 开　本：787mm × 1092mm　1/16
　　　　　　印　张：10.75　字　数：132 千字
版　　次 / 2022 年 6 月第 1 版　2023 年 9 月第 2 次印刷
书　　号 / ISBN 978-7-5228-0406-4
定　　价 / 98.00 元

读者服务电话：4008918866